T0279431

La puerta del viaje sin retorno

David Diop

La puerta del viaje sin retorno

o los cuadernos secretos de Michel Adanson

Traducción de Rubén Martín Giráldez

EDITORIAL ANAGRAMA
BARCELONA

Título de la edición original:
La porte du voyage sans retour ou les cahiers secrets de Michel Adanson
Éditions du Seuil
París, 2021

Ilustración: © Joe Wilson

Primera edición: octubre 2023

Diseño de la colección: Julio Vivas y Estudio A

© De la traducción, Rubén Martín Giráldez, 2023

© David Diop, 2021
Por acuerdo con So Far So Good Agency

© EDITORIAL ANAGRAMA, S. A., 2023
Pau Claris, 172
08037 Barcelona

ISBN: 978-84-339-1334-0
Depósito legal: B. 11508-2023

Printed in Spain

Romanyà Valls, S. A.
Verdaguer, 1, 08786 Capellades (Barcelona)

A mi mujer: toda palabra tejida es para ti
y tus risas de seda

A mis queridos hijos, a sus sueños

A mis padres, mensajeros de sabiduría

EURYDICE: Mais par ta main ma main n'est plus pressée ! Quoi, tu fui ces regards que tu chérissais tant !

EURÍDICE: Pero ¡tu mano ya no sostiene la mía! ¡Y rehúyes la mirada que tanto amabas!

GLUCK, *Orfeo y Eurídice*

(Libreto traducido del alemán al francés por Pierre-Louis Moline para el estreno del 2 de agosto de 1774 en el Teatro del Palais-Royal de París)

I

Michel Adanson se veía morir en los ojos de su hija. Se resecaba, tenía sed. Sus articulaciones calcificadas, huesos de concha marina fosilizada, ya no se desanudaban. Lo martirizaban en silencio retorcidas como sarmientos. Creía oír sus órganos sucumbiendo unos detrás de otros. Unos crujidos íntimos que le anunciaban su final chisporrotearon levemente en su cabeza como el inicio del incendio que había prendido al caer la noche, más de cincuenta años atrás, en una de las márgenes del río Senegal. Había tenido que refugiarse a toda velocidad en una piragua desde la que, en compañía de sus *laptots*, los guías de las aguas fluviales, había contemplado un bosque entero en llamas.

El fuego resquebrajaba las *sump*, las datileras del desierto, envueltas en chispas amarillas, rojas, azul irisado, que revoloteaban alrededor como moscas infernales. Coronadas de pavesas humeantes, las palmeras se desplomaban sobre sí mismas, sin ruido, con

11

su enorme pie aprisionado en el suelo. Cerca del río, unos mangles hinchados de agua hervían antes de estallar en sibilantes jirones de pulpa. Más allá, bajo un cielo escarlata, el incendio ululaba sorbiendo la savia de acacias, anacardos, ébanos y eucaliptos mientras sus habitantes salían huyendo del bosque entre gemidos aterrorizados. Ratas almizcleras, liebres, gacelas, lagartos, fieras, serpientes de todos los tamaños se lanzaban a las aguas oscuras del río, prefiriendo morir ahogados antes que quemarse vivos. Sus zambullidas desordenadas desbarataban los reflejos del fuego sobre la superficie del agua. Chapoteo, olas, sumersión.

Michel Adanson no recordaba haber oído quejarse al bosque aquella noche, pero, mientras lo consumía un incendio interior tan violento como el que había iluminado su piragua sobre el río, sospechaba que los árboles quemados debieron de aullar imprecaciones en una lengua vegetal, inaudible para los hombres. Le habría gustado gritar, pero ningún sonido logró atravesar su mandíbula paralizada.

El anciano pensaba. No temía su muerte, pero deploraba que no le fuese útil a la ciencia. En un último arranque de fidelidad, su cuerpo, que se batía en retirada ante el gran enemigo, le presentaba un recuento casi imperceptible de sus sucesivas renuncias.

Metódico hasta en el fallecimiento, Michel Adanson lamentaba ser incapaz de describir en sus cuadernos las derrotas de su última batalla. Si hubiese tenido manera de hablar, Aglaé habría podido ser su secretaria en la agonía. Era demasiado tarde para narrar su morir.

¡Eso contando con que Aglaé encontrase sus cuadernos! ¿Por qué no los había legado en su testamento? No debería haber temido el juicio de su hija más que el de Dios. Cuando se franquea la puerta del otro mundo, el pudor no la atraviesa.

Un día de tardía lucidez había comprendido que sus investigaciones sobre botánica, sus herbarios, sus colecciones de conchas y sus dibujos desaparecerían con él de la superficie de la tierra. En el transcurso del eterno oleaje de generaciones de seres humanos que se suceden y se asemejan llegaría un hombre, o por qué no una mujer, botanista implacable, que lo sepultaría bajo las arenas de una ciencia antigua, pasada. De modo que lo esencial era figurar en la memoria de Aglaé en calidad de sí mismo, y no con la inmaterialidad de un fantasma sabio. Tuvo esta revelación el 26 de enero de 1806. Más concretamente, seis meses, siete días y nueve horas antes del comienzo de su muerte.

Aquel día, una hora antes de mediodía, había notado cómo se le rompía el fémur bajo la espesura de las carnes del muslo. Un crac amortiguado, sin causa aparente, y a punto estuvo de caerse de cabeza en la chimenea. De no ser por el matrimonio Henry, que lo agarraron por la manga de la bata, la caída le habría costado sin duda otras contusiones y quizá quemaduras en la cara. Lo habían tendido en su cama antes de marcharse cada uno por su lado a buscar ayuda. Y, mientras los Henry corrían por las calles de París, él se decidió a apoyar con fuerza el talón izquierdo sobre el empeine del pie derecho para estirar la pierna herida hasta que los huesos fracturados del fémur se reajustasen. Se desmayó de dolor. Al despertarse, poco antes de la llegada del cirujano, Aglaé ocupaba su mente.

No merecía la admiración de su hija. Hasta la fecha, el único objetivo de su vida había sido que su *Orbe universal*, su enciclopédica obra maestra, lo elevase a la cima de la botánica. Perseguir la gloria, el reconocimiento inquieto de sus colegas, el respeto de sabios naturalistas diseminados por toda Europa: todo aquello no era más que vanidad. Había consumido sus días y sus noches describiendo con minuciosidad casi cien mil «vidas» de plantas, de conchas, de animales de todas las especies en detrimento de la suya propia. No obstante, había que admitir que nada existía sobre la faz de la tierra sin una inteligencia humana que le diese sentido. Él le daría un sentido a su vida escribiéndola para Aglaé.

Bajo los efectos de una conmoción provocada involuntariamente nueve meses atrás por su amigo Claude-François Le Joyand, habían empezado a atormentarle ciertos remordimientos. Hasta entonces solo había sentido arrepentimientos fluctuantes como burbujas del fondo de una ciénaga, estallando inopinadamente aquí y allá en la superficie, a pesar de las trampas que su mente les había tendido para contenerlos. Pero durante su convalecencia en cama había logrado dominarlos por fin, encerrarlos en palabras. Y, gracias a Dios, sus recuerdos se habían desgranado en orden en las páginas de sus cuadernos, ligados unos a otros como las cuentas de un rosario.

Esta actividad le había costado lágrimas que el matrimonio Henry atribuyó al muslo. Él dejó que así lo creyesen y que le administrasen todo el vino que quisieran, sustituyendo el agua azucarada que tenía por costumbre beber por una pinta y media de chablis al día. Pero la ebriedad del vino no atenuaba el recuerdo cada vez más apremiante, al hilo de la escritura de sus cuadernos, de su amor desmedido por una joven cuyos rasgos apenas era capaz de rememorar. Era como si se hubiesen evaporado en el infierno del olvido. ¿Cómo traducir a simples palabras la exaltación que había experimentado ante aquel rostro cincuenta años antes? Había luchado para que la escritura se la restituyese intacta. Y aquello había sido una primera batalla contra la muerte que había creído ganar antes de que esta acabase atrapándolo. Para entonces, afortunadamente había acabado de redactar sus recuerdos de África. Chapoteo, ola en el alma, resurrección.

II

Aglaé veía morir a su padre. Languidecía a la luz de una vela que ardía sobre el cabecero, un mueblecito bajo con cajones. En su lecho de muerte quedaba poca cosa de él. Estaba flaco, seco como leña para la estufa. En el frenesí de su agonía, sus miembros huesudos levantaban de vez en cuando la superficie de las sábanas que los aprisionaban, como animados con vida propia. Solo su enorme cabeza, apoyada en una almohada empapada de sudor, sobresalía del oleaje de tela que engullía los míseros relieves de su cuerpo.

Él, que había llevado una larga melena roja oscura, anudada con una cinta de terciopelo negra cuando se emperifollaba para sacar a Aglaé del convento y llevarla al Jardín del Rey al llegar la primavera, ahora estaba calvo. La pelusa blanca que brillaba al albur de las bruscas danzas de la vela colocada en su mesilla de noche no tapaba las gruesas venas azules que surcaban la superficie de la piel fina de su cráneo.

Apenas visibles bajo la maraña gris de sus cejas, sus ojos azules hundidos en las órbitas se volvían vidriosos. Se apagaban, y aquello le resultaba más insoportable a Aglaé que el resto de las señales de la agonía. Porque los ojos de su padre eran su vida. Los había usado para observar hasta los más mínimos detalles de plantas y animales de todas las especies, para adivinar los secretos sinuosos del curso de sus nervaduras o de sus vasos, irrigados de savia o sangre. Aquella capacidad de penetrar en los misterios de la vida, que había obtenido a fuerza de pasarse días enteros encorvado sobre sus especímenes, la llevaba aún en la mirada cuando la posaba sobre uno. Te exploraba de arriba abajo y veía tus pensamientos, hasta los más secretos, hasta los más microscópicos. No eras solo una obra más de Dios, sino que te convertías en uno de los eslabones esenciales de un gran Todo universal. Sus ojos, habituados a rastrear lo infinitamente pequeño, te suspendían en lo infinitamente grande, como si fueses una estrella caída del cielo que encontrase de nuevo su lugar exacto junto a otros miles después de haber creído perderlo.

Replegada ahora sobre sí misma por el sufrimiento, la mirada de su padre ya no contaba nada.

Indiferente al acre olor de su transpiración, Aglaé se inclinó sobre él como lo haría sobre una flor asombrosamente marchita. Él intentó hablarle. Ella observó muy de cerca cómo se movían sus labios, deformados por el paso de una serie de sílabas balbuceadas. Él apretó los labios y emitió una especie de estertor. Ella al principio creyó que decía «Mamá», pero lo cierto es que era algo así como «Ma Aram» o «Maram». Lo había repetido sin parar, hasta el final. Maram.

III

Si había un hombre al que Aglaé odiase tanto como podría haberlo amado, ese era sin duda Claude-François Le Joyand. Había publicado, apenas tres semanas después de la muerte de Michel Adanson, una necrológica entreverada de mentiras. ¿Cómo había sido capaz aquel individuo que decía ser amigo de su padre de escribir que sus criados habían sido las únicas personas que lo asistieron durante sus últimos seis meses de vida? En cuanto los Henry la avisaron de que se estaba muriendo, ella salió disparada de su finca del Borbonés. Por lo que respecta a Claude-François Le Joyand, ella no lo había visto aparecer durante la larga agonía. No lo vio ni siquiera en el entierro. Y, sin embargo, aquel hombre se había arrogado la autoridad de relatar los últimos días de Michel Adanson como si hubiera estado presente. Al principio le rondó la idea de que los Henry habían actuado como informadores malintencionados para Le Joyand, pero se había arrepentido de sospechar semejante vileza al recordar su llanto silencioso, sus sollozos contenidos para no importunarla en su pesadumbre.

Solo había leído la esquela una vez, del tirón, ansiosa a cada página por encontrar –en vano– alguna amabilidad, apurando el cáliz hasta las heces. No, Le Joyand no había podido en modo alguno sorprender a su padre una tarde de invierno, aterido, acurrucado frente al fuego escaso de su chimenea, escribiendo prácticamente en el suelo a la luz de algunas brasas. No, ella no había abandonado a su padre en una indigencia tal que se viera obligado a alimentarse de café con leche y nada más. No, Michel Adanson no estuvo solo en el trance final, sin su hija al lado, como aquel hombre había tenido la ocurrencia de inventar.

Aquella esquela pretendía, sin que Aglaé se explicase por qué, lastrar su duelo con una vergüenza pública irremediable. Refutar las insinuaciones del supuesto amigo de su padre era imposible. Sin duda, nunca tendría ocasión de exigirle explicaciones por su maldad. Tal vez fuese mejor así.

Las últimas palabras de su padre en su lecho de muerte habían sido, por tanto, «Ma Aram», o «Maram», y no aquella ridícula frasecita convencional que Le Joyand le atribuía en su abominable esquela: «Adiós, la inmortalidad no es de este mundo».

IV

Cuando, de niña, su padre la llevaba una vez al mes al Jardín del Rey, la felicidad de Aglaé era casi perfecta. Allí le enseñaba la vida de las plantas. Había contabilizado cincuenta y ocho familias de flores, pero, vistas a través del microscopio, ninguna se parecía a sus hermanas. Su predilección por las extravagancias de la naturaleza, tan proclive a transgredir sus propias leyes bajo una uniformidad aparente, la había fascinado. A menudo habían recorrido juntos los caminos de los grandes invernaderos del Jardín del Rey, de buena mañana, reloj en mano, maravillándose con la hora inmutable en que las flores del hibisco, independientemente de su variedad, entreabrían su corola a la luz del día. A partir de entonces, gracias a él, aprendió el arte de inclinarse sobre una flor, durante días enteros, para vigilar los misterios de su vida efímera.

La complicidad que había vuelto a surgir entre ambos al final de su vida volvía aún más dolorosos sus remordimientos por no saber quién era de verdad

Michel Adanson. Cuando iba a visitarlo, en la rue de la Victoire, antes de la fractura de fémur y la caída, lo encontraba siempre acuclillado, con las rodillas a la altura del mentón y las manos en la tierra negra de un invernadero que había hecho construir al fondo de su jardincito parisino. Él siempre la recibía con las mismas palabras, como si quisiera forjar una leyenda. Si se colocaba así en lugar de sentado en una silla o una butaca era porque había adoptado aquella costumbre a lo largo de sus cinco años de viaje por Senegal. Le vendría bien probar aquella postura de descanso, aunque no le pareciera elegante. Y se lo repetía como hacen las personas de edad avanzada aferradas a sus recuerdos más antiguos, divirtiéndose también, sin duda, al releer en sus ojos las vidas que ella le había soñado de niña las escasas veces en que él le contó fragmentos de su viaje a África.

A Aglaé siempre le sorprendía sinceramente la singularidad de las imágenes que los rituales de palabra de su padre tenían el poder de producir en su mente. Era como si le resultase inevitable recurrir a aquellas palabras idénticas que hacían nacer en la mirada de su hija escenas idílicas de su juventud. Ella se lo había imaginado mucho más joven, tumbado en una cuna de arena caliente, rodeado de negros descansando como él a la sombra de aquellos grandes árboles llamados *ceibas*. También lo había visto, rodeado por los mismos negros vestidos de colores, refugiado con ellos en el hueco inmenso del tronco de un baobab para protegerse de la canícula africana.

Esta circulación de recuerdos imaginarios, indefinidamente reactivada por palabras talismán como *arena, ceiba, río Senegal, baobab,* los había acercado durante una época. Pero aquello no le había bastado a Aglaé para compensar todo el tiempo que habían perdido evitándose. Él, porque no encontraba un minuto para dedicarle; ella, en represalia por lo que había percibido como una falta de amor.

Cuando a los dieciséis años se fue con su madre a pasar un año en Inglaterra, Michel Adanson no le envió ninguna carta. No había tenido tiempo, prisionero voluntario de uno de aquellos sueños de enciclopedia del siglo de los filósofos. Pero si Diderot y D'Alembert, o más tarde Panckoucke, se habían rodeado de un centenar de colaboradores, su padre había descartado que nadie que no fuese él redactase los millares de artículos de su obra maestra. ¿En qué momento había creído posible desenmarañar aquellos hilos, escondidos en la inmensa madeja del mundo, que supuestamente conectaban a todos los seres por medio de sutiles redes de parentesco?

El mismo año de su boda había empezado a calcular el tiempo vertiginoso necesario para terminar su enciclopedia universal. Conjeturó, según una «estimación a la alta», que si moría a los setenta y cinco años le quedaban treinta y tres, y que, a razón de quince horas de trabajo diarias de media, eso sumaban ciento ochenta mil seiscientas setenta y cinco horas de tiempo útil. Desde entonces había vivido como si cada minuto de atención que dedicase a su esposa y a su hija lo apartase de una labor que no completaría jamás por culpa de ellas.

De modo que Aglaé se buscó otro padre, que encontró en Girard de Busson, el amante de su madre. Y si la naturaleza hubiese podido fundirlo con Michel Adanson para hacer un solo hombre, a sus ojos, aquel injerto humano habría rozado la perfección. Sin duda, su madre había pensado lo mismo. Fue ella, Jeanne Bénard, mucho más joven que Michel Adanson, quien había querido separarse de él, por más enamorada que estuviera. Su esposo había reconocido de buen grado, ante notario, que le era imposible dedicarle tiempo a su familia. Aquellas palabras sinceras, pero crueles, habían hecho sufrir a Jeanne, quien, por despecho, se las había comunicado a su hija, aunque solo tuviese nueve años. Y cuando, aún pequeña, se enteró de que uno de sus libros se titulaba *Familias de plantas*, Aglaé se dijo, llena de amargura, que desde luego las plantas eran la única familia de su padre.

Michel Adanson era tan bajito y enjuto de constitución como alto y fuerte era Antoine Girard de Busson. El primero era capaz de ponerse tan taciturno y desagradable en sociedad como sociable y alegre se mostraba el segundo, a quien Aglaé llamaba «señor» en la intimidad del palacete en el que las había acogido a ella y a su madre tras el divorcio.

Conocedor del alma humana, Girard de Busson no había intentado suplantar en su corazón de chiquilla, y luego de muchacha, a Michel Adanson, a quien incluso había insistido en ayudar en su proyecto mítico de publicación, a pesar del rechazo a menudo poco cortés del sabio misántropo.

A diferencia de Michel Adanson, que parecía no haberse preocupado jamás ni de sus matrimonios ni de sus hijos, Girard de Busson se había desvivido por hacerla feliz. A él le debía Aglaé la dote que aportó a sus dos funestos maridos y, sobre todo, el castillo de Balaine, que le había comprado en 1798. Pero, por una extraña confusión de resentimientos, ella a veces se lo había hecho pasar mal. Girard de Busson había soportado con paciencia su acritud y sus injusticias, como si incluso le satisficiese que lo maltratara, como si viese en sus caprichos y rabietas pruebas de un amor filial, él, que no había tenido hijos.

Para limpiar, por medio del matrimonio de su hija, el deshonor asociado a su divorcio, su madre se empeñó en casarla, cuando solo tenía diecisiete años, con Joseph de Lespinasse, un oficial del montón que tuvo la mala idea, en su noche de bodas, de abordar *manu militari* su virginidad. Cuando se encontraron en la cámara nupcial, aquel hombre la disgustó irremediablemente. Con un nudo en la garganta, pensando que ella compartiría su emoción, le había susurrado al oído que quería poseerla *more ferarum*, a la manera de los animales salvajes. La crudísima confesión de su deseo en latín eclesiástico no le había ocultado a Aglaé la brutalidad con la que había intentado inculcarle su pasión. Pero el hombre se había arrepentido de sus violencias, porque ella había sabido defender su cuerpo en detrimento del de él. Joseph de Lespinasse, mariposa nocturna, se pasó una semana sin salir de casa para esconder a las miradas el hematoma violáceo que adornaba el contorno de su ojo derecho. Aglaé obtuvo fácilmente el divorcio apenas un mes más tarde.

No fue mucho más feliz con Jean-Baptiste Doumet, subteniente de un regimiento de dragones reconvertido en comerciante en Sète. El único mérito de su segundo marido fue el de hacerle dos hijos dentro del estricto respeto de las reglas de una procreación sin pasión. Si tenía gustos particulares en materia amorosa, no los ponía en práctica con ella. ¿Quizá se los reservaba para las amantes de un día que, poco después de la boda, ya no tuvo reparos en esconderle?

Aglaé temía no llegar a ser feliz jamás. El sentimiento de que la felicidad amorosa solo podía darse en la literatura la entristecía. Y, por más que hubiese vivido bastante como para no acariciar ya ilusiones sentimentales, aún esperaba, incluso después de dos matrimonios fracasados, encontrar al hombre de su vida, el amor a primera vista. Su fe en el Amor la enfurecía consigo misma. Era como esos ateos que temen sucumbir a la tentación de la creencia en Dios el día de su muerte. Maldecía al dios del Amor sin conseguir renegar por completo de él.

Así que cuando Girard de Busson, que la veía triste y melancólica, le anunció la compra del castillo de Balaine y su visita programada para un mes más tarde, Aglaé volvió a animarse. Pensó, antes de verlo, que aquel castillo sería su brújula. Los seres humanos, las plantas y los animales vivirían allí en armonía. Balaine sería su edad de oro personal, una obra maestra íntima únicamente legible para ella.

Ella sabría descifrar, en su planificación final, las esperanzas superpuestas y las fulguraciones de entusiasmo que le había costado. Atesoraría incluso sus desilusiones.

V

Situado no muy lejos de Moulins, a las puertas del Borbonés, el castillo de Balaine lindaba con el pueblecito de Villeneuve-sur-Allier, con una población de poco menos de setecientas almas. La primera vez que Girard de Busson la llevó fueron solo ellos dos. Contento de quedarse solos en París, Jean-Baptiste, su segundo marido, no había querido acompañarla, y Émile, su primogénito, demasiado pequeño aún para semejante viaje, quedó al cuidado de Jeanne, su abuela.

Instalados en el lujoso carruaje de Girard de Busson, tirado por cuatro caballos conducidos siempre por Jacques, el cochero de la familia, salieron de la mansión al amanecer del 17 de junio de 1798. El palacete de Girard de Busson se encontraba en la rue du Faubourg-Saint-Honoré, no muy lejos de la Folie Beaujon. Así pues, cruzaron el Sena por el puente de la Concorde, pero, después de atravesar el arrabal de Saint-Germain, Jacques decidió girar hacia el sur y luego en dirección este para recorrer la antigua muralla de las alquerías, de barrera en barrera. Quería evitar los arrabales populares de Saint-Michel y Saint-Jacques y sobre todo el de Saint-Marcel, desde donde podrían haber llegado a la barrera de Italia por la rue Mouffetard. La berlina de Girard de Busson era ostentosa. En la época del Directorio, la pequeña población de París, ya nostálgica de la Revolución, aún era susceptible e inflamable.

Una vez pasada la barrera de Italia se abría el gran camino del rey, rebautizado en tiempos del emperador como «ruta imperial número 8», que unía París con Lyon. Aglaé salía raras veces de París por la ruta del Borbonés. A lo sumo había llegado hasta Nemours, donde a los parisinos de bien les encantaba pasar el domingo cuando llegaba la primavera, pavoneándose en sus cabriolés.

Había emprendido el largo viaje hacia el castillo de Balaine con los ojos entornados para hacer examen de conciencia. Sentada en el sentido contrario de la marcha, frente a Girard de Busson, que respetaba en silencio su semblante amodorrado, no prestaba atención al paisaje que desfilaba lentamente tras los cristales de la berlina, dejándose mecer por el vaivén. Poco a poco, en la semipenumbra del amanecer, se había imaginado que los crujidos de los muelles del coche, sumados al paso amortiguado de los caballos, eran el silbido del viento en las velas y el chirrido de los cordajes de un navío casi detenido en los confines del Atlántico. Luego, de pronto, la claridad que entraba en la carroza por el este se había apagado, como si, invirtiendo el curso habitual del tiempo, la noche volviese sobre sus pasos. Una luz vaga y lúgubre se había abatido sobre ellos y a Aglaé la había engullido en un duermevela propicio para soñar despierta. Acababan de dejar atrás el cruce del Obelisco y se internaban con suavidad en la carretera rectilínea que atravesaba el bosque de Fontainebleau.

Aglaé estaba en pie en la cubierta de un navío alado con grandes velas blancas. La madera quemaba bajo sus pies. En lo alto, uno de esos atardeceres de nubes azules, naranjas y verdes, fundidas en un humo de cielo dorado. Multitud de peces voladores perseguidos por predadores invisibles salpicaban el casco del barco. Sus aletas no los llevaban demasiado lejos del peligro que los acechaba bajo la superficie del agua. Surgidos de las profundidades, huían con las bocas rosas abiertas de par en par, disparados hacia el cielo. Pero unos pájaros blancos, quizá cormoranes o gaviotas, también los hostigaban. Y las flechas argénteas, ni del todo peces ni del todo aves, acababan trituradas en el acto por mandíbulas, picos, asediadas en borbotones de espuma.

Igual de desesperada que aquellos extraños peces que no pertenecían ni al agua ni al aire, sin abrir en ningún momento los ojos, Aglaé contuvo las lágrimas.

De su primer viaje al castillo de Balaine, el mes de junio de 1798, Aglaé solo recordaba aquel duermevela triste guiado por su consciencia y del que había creído poder escapar cuando quisiera. Pero aquel día la había perseguido hasta su destino final. No fue sino a fuerza de un viaje tras otro, a menudo solita-

33

rios, a lo largo de los años que precedieron al 4 de septiembre de 1804, día en que se instaló en una finca vecina al castillo de Balaine mientras lo restauraban, cuando asoció recuerdos íntimos a los pueblecitos y las ciudades que había atravesado desde París hasta Villeneuve-sur-Allier. Montargis bajo la lluvia. Las aguas negras del canal de Briare. Cosne-Cours-sur-Loire, donde se había detenido más de una vez para comprarles vino de Sancerre a su padrastro y a su padre. Maltaverne, donde una tormenta repentina la retuvo en un hostal siniestro mal llamado El Paraíso. En La Charité-sur-Loire, al albur de una partida matutina, se le había ofrecido la vista más hermosa del río. Anegado en la bruma, el Loira le había hecho pensar en aquel Támesis fantasmal que había podido contemplar durante su año en Londres, antes de su primer matrimonio. En Nevers había comprado la vajilla esencial, de loza azul y blanca, para el castillo. El resto de las localidades no la habían marcado.

Girard de Busson había hecho coincidir su entrada en Villeneuve-sur-Allier con la fiesta de San Juan. Poco antes de que llegasen, le había explicado que en casi todos los pueblos del Borbonés, desde primera hora de la mañana de aquel día de feria, se apretujaban en las tarimas, en el centro del mercado, campesinos y campesinas que aspiraban a colocarse como criados en casas burguesas o como empleados de granja. Con sus mejores galas y un ramo de flores del campo atado a la cintura, vendían su trabajo al mejor postor por un período de un año. Tras ásperos regateos sobre el montante de su salario, la patrona o el patrón que los contrataba les daba una moneda de cinco francos, el «dinero de Dios», a cambio de su ramo. Los que no tenían flores estaban reservados, ya no los podían contratar. Al acabar la mañana, en medio de horticultores y agricultores que recogían sus puestos tras aquel extraño comercio de flores y labores, los jóvenes se lanzaban a un gran baile, al guirigay y al follón. Había sido entonces cuando Aglaé y Girard de Busson habían aparecido en carruaje por la plaza del pueblo.

Como si fuesen dioses caídos del cielo, habían recibido la ofrenda de buena parte de los ramos que se habían intercambiado durante la mañana y que algunos lugareños se entretuvieron en lanzar sobre el techo de la berlina. Y así, perseguidos durante unos instantes por un grupito alegre, diseminando a su paso flores del campo al albur de las sacudidas del camino, había sido como habían descubierto el castillo de Balaine al final de un sendero bordeado de zarzamoras.

Aglaé no había comulgado con Balaine espontáneamente. Se conformó con observarlo todo, con la suficiente distancia para acumular imágenes del castillo que más tarde asociaría con buenas o malas impresiones. Así, vivió a medias el comienzo de su primer encuentro con aquel lugar para poderlo revivir mejor más adelante, sola consigo misma. El castillo tenía unas torretas a cada lado de un patio en forma de U mayúscula; abierto durante mucho tiempo a los visitantes, el patio entero estaba repleto de malas hierbas. Las cruces de las torretas estaban enmarcadas en piedras rojas y blancas de las que no se podía distinguir el color, recubiertas por una maraña de musgo y hiedra. Un pasillo desmesurado que lo atravesaba de parte a parte afeaba la fachada. Girard de Busson había desgranado los nombres de algunos propietarios de Balaine desde el siglo XIV. Los primeros, los Pierrepont, constructores de un castillo fortificado, se lo habían transmitido de generación en generación durante casi cuatrocientos años. Después de 1700, año de la extinción del linaje Pierrepont, se habían sucedido diversos propietarios hasta llegar a un tal Chabre, que había emprendido la reconstrucción completa del castillo en 1783, bajo la supervisión de Évezard, un arquitecto de Moulins. Ante la envergadura de las obras, el caballero había cambiado de opinión y lo había revendido.

Girard de Busson había intentado en vano abrir la puerta de entrada del castillo. Un olor a yeso húmedo y madera mojada salía de una rendija. No habían logrado entrar en el vestíbulo, pero, como los postigos de los ventanales que daban a la parte de atrás del edificio estaban medio arrancados, habían vislumbrado unas franjas de sol proyectadas sobre un parqué negruzco recubierto de una gruesa capa de polvo flotante.

—He alquilado una finca no muy lejos de aquí en la que podrás quedarte a supervisar las obras de renovación. Nos instalaremos hoy mismo para pasar la noche. Pero antes demos una vuelta alrededor del edificio —le había dicho su padrastro meneando la cabeza.

Cuando volvieron, los pocos lugareños que los habían seguido ya no estaban. Jacques se afanaba alrededor de los caballos adornando sus arreos con los ramilletes de flores que no se habían caído del techo del carruaje. Aglaé y su padrastro habían recorrido por la izquierda una zona de agua fangosa, sin duda alimentada por un riachuelo cercano. La parte de atrás del edificio estaba repleta de maleza y su deterioro, formidable ya en la fachada delantera, era aquí mucho peor.

Fue entonces, en aquel instante, cuando Aglaé notó que la invadía una profunda alegría. Gracias a un don heredado de su madre, era capaz de percibir, más allá de la aparente fealdad de un objeto o de un lugar, su belleza potencial. Sin embargo, si el más mínimo vestigio de un esplendor desaparecido se hubiese dejado entrever en la fachada trasera del castillo para animarla a resucitar con exactitud su lustro antañón, Aglaé lo habría ignorado. Quería ser una pionera, conquistar una belleza nueva para aquellos lugares, más que reconquistar su magnificencia perdida. Se imaginaba sin dificultad al último retoño de los Pierrepont, cien años atrás, acuciado por las deudas, sin hacer nada ya, inmóvil como las piedras de su viejo castillo ante la idea de cometer el sacrilegio de añadir al sitio donde vivía el más mínimo signo de modernidad anacrónica. Ella jamás pondría a sus descendientes en la posición de aquel último Pierrepont, esclavo, sin duda, de unos vestigios de piedra.

Lo que haría sería legar a sus hijos un lugar cuyo núcleo vital no fuese el castillo, sino su parque, la be-

37

lleza y la rareza de sus plantas, de sus flores y de todos los árboles que allí sembraría. Cuando los castillos se derrumban al cabo de cuatro siglos porque los hombres que los construyeron y los descendientes de sus descendientes han desaparecido, solo resisten al paso del tiempo los árboles que se plantaron alrededor. La naturaleza nunca pasa de moda, había pensado Aglaé sonriendo. Girard de Busson, que la observaba, la sorprendió sonriendo y ella se alegró. Era otra manera de agradecérselo, quizá más convincente que las palabras de gratitud que le había repetido pero que no conseguían describirle la plenitud de su felicidad y de su reconocimiento.

A lo largo del trayecto de vuelta a París, le describió a Girard de Busson su visión del parque. De momento, estaba embutido en una franja de tierra que había que ampliar comprando propiedades contiguas. Plantaría secuoyas americanas, arces y *Magnolia grandiflora*. Construiría un invernadero para cultivar flores exóticas, hibiscos asiáticos de cinco enormes pétalos. Su padre, Michel Adanson, la ayudaría, con sus contactos de botanista, a traer árboles del mundo entero. Y Girard de Busson había dicho que sí a todo, a pesar de los gastos.

Aquella misma tarde, entusiasmada por su primer viaje a Balaine, Aglaé se hizo ilusiones pensando que, si se entregaba a Jean-Baptiste, él se apasionaría por su sueño. Le habría gustado tanto inventar expresiones grandiosas que le hicieran ver de golpe la felicidad que les esperaba allí para siempre, frases inspiradas que lo cautivasen como por arte de magia. Pero lo que se le ocurrió decirle a su marido al final la dejó descontenta:

—¿Sabes de dónde proviene el nombre de Balaine...? ¿No, no lo adivinas...? Ah, pues es porque la gente del pueblo lleva toda la vida recogiendo retamas de los alrededores del castillo para fabricar *balais*, escobas.

—¡Qué nombre más bonito para un castillo! Por lo menos es limpio..., con un par de escobas en cruz por blasón... —había respondido enseguida Jean-Baptiste.

A Aglaé no le mortificaron tanto las burlas de Jean-Baptiste como aquel arrebato de confianza ingenua que le había hecho olvidar que su marido no era amigo suyo. Pero, como si una parte de sí misma desease con todas sus fuerzas comunicarse con alguien, como si aquel giro de su vida debiese emocionar necesariamente a la persona que compartía su intimidad, se entregó igualmente a Jean-Baptiste. No pudiendo evitar buscar su complicidad, se vio, como una espectadora, desplegando todos sus encantos, fingiendo una ternura que jamás se habría creído capaz de dedicarle.

Probablemente así había sido como aquella noche, a la vuelta de su primer viaje al castillo de Balaine, había concebido a su segundo hijo, Anacharsis, pero también, en el mismo instante, el proyecto de divorciarse de Jean-Baptiste Doumet.

VI

No hubo día, desde su primera visita al castillo de Balaine, en que no soñase con él como quien sueña con un amante. Había comenzado un cuaderno de dibujo en el que proyectaba, con grandes trazos de lápiz graso, esbozos de caminos, de planos detallados de arriates y arquitecturas de bosques. Le había confiado a su padre sus proyectos agrestes y Michel Adanson le había escrito que suspendería sus trabajos de investigación para recibirla medio día a la semana en su casa. De manera que se presentaba en la rue de la Victoire casi todos los viernes, «a la hora de la sobremesa», tal y como él la había invitado en aquel francés suyo un poco anticuado.

Michel Adanson no era el hombre que sus colegas académicos habían descrito a su muerte. El gran Lamarck, con toda la suficiencia del mundo, había alimentado su reputación de atrabiliario, de huraño, de misántropo. Aglaé se imaginaba que en aquel mundillo no se apreciaba a la gente que, como su padre, ponía la honestidad y la justicia por encima de todo, incapaz de transigir con sus principios ni siquiera para sacrificarse por sus amigos. La cortesía, la urbanidad, no eran el punto fuerte de Michel Adanson; él amaba o no amaba, sin matices. No acostumbraba a esforzarse en ocultar el desagrado que le inspiraba la presencia de un colega a quien no tenía en estima. Pero con el paso del tiempo, y gracias a la lectura de filósofos como Montaigne, que a su vez le había hecho leer a ella, había encontrado la fuerza de voluntad para no hacerse mala sangre durante semanas enteras por el recuerdo de una mísera palabra fuera de lugar en alguna conversación.

Su padre había acogido en su invernadero a tres ranas verdes que observaba con el rabillo del ojo mientras trasplantaba los plantones de árboles exóticos que preparaba para su hija y el parque de su castillo de Balaine. Las tres ranas estaban casi domesticadas: dejaban que se les acercase sin miedo; él las había apodado sus «ranas de cortesía». Aglaé había comprendido el sentido de aquella expresión extraña al oír cómo apostrofaba a uno de sus tres batracios con un «¡señor Guettard, compórtese!», con el nombre del que había sido uno de sus peores enemigos durante sus últimos años en la Real Academia de Ciencias de París. Al verla sonreír, le había dicho con cierta malicia que no le conocía. «Esta no es venenosa como sus primas de la selva amazónica de la Guayana, pero te aseguro que quien le da nombre a esta rana hizo todo lo posible por amargarme la vida.»

Aglaé se había reído de buen grado ante el comentario de su padre, que había añadido que los nombres de Lamarck y de Condorcet, asignados a los otros dos batracios, le servían para recordar el papel que esos dos colegas desempeñaron a la hora de zanjar su disputa con Guettard. «Ahora mismo me cuesta distinguir la diferencia entre los tres», había concluido con ironía.

Al final de su vida, su padre parecía haber regresado de aquella persecución de la gloria que se le había escapado inevitablemente como una cierva que adivinase por el viento la presencia de su depredador. Durante sus últimas visitas a la rue de la Victoire, muy pocas veces le había hablado de su interminable enciclopedia universal de historia natural. Y se había vuelto tan abierto, tan dispuesto a escucharla de verdad, que Aglaé, un viernes otoñal, por fin se había sentido con la confianza suficiente para hacerle una confidencia en el invernadero.

Le explicó la angustia que había experimentado en su compañía cuando aún era una chiquilla ante el espectáculo astronómico de la inmensidad del universo. Quizá él se acordaba... La había llevado una noche de verano a un observatorio situado en Saint-Maur, a las puertas de París. A través del visor, su ojo la había arrastrado a la nada y, como la luz de las estrellas se le había antojado gélida, se le ocurrió la idea –brutal para ella, que era creyente sin planteárselo– de que el paraíso no podía estar en el cielo. Dado que la Tierra no era más que un punto minúsculo en un espacio infinito, si Dios hubiese querido darles un paraíso y

43

un infierno a los seres humanos, ¿por qué iban a estar en un sitio distinto de aquel donde ya estaban? –Te imaginaste los planes de Dios a la medida de tus inquietudes. A lo mejor ubicas el paraíso en lo visible porque crees imposible la felicidad fuera de él. Por lo que a mí respecta, creo que el paraíso y el infierno están dentro de nosotros mismos –le había respondido su padre.

En las últimas palabras que murmuró, ella creyó percibir en los ojos de su padre como una vacilación, la irrupción de una imagen, un tiempo muerto de su mente en torno a un recuerdo lejano. Pero esta vez su atención no pareció escaparse hacia su obsesión enciclopédica. Era un proyecto de otra naturaleza el que parecía haber concebido en aquel instante, animado por la energía de una repentina resolución. A Aglaé le había encantado aquel momento que se había grabado en su memoria y al que no había sabido dar un sentido. Mientras continuaba removiendo la tierra para prepararle sus plantones, rodeado de sus tres «ranas de cortesía», y siempre acuclillado al estilo de los negros de Senegal, le había parecido que se observaba a sí mismo como a través de un telescopio.

VII

Aplastada bajo el peso de unos enormes paquetes atados al portaequipajes, la berlina de Girard de Busson entró con gran lentitud en el patio. Jacques conducía sus cuatro caballos al paso. Llevaban arrastrando desde París, cerca de trescientos kilómetros, la plétora de cajas de conchas, de plantas secas, de animales disecados y hasta de libros que su padre le había legado. Aglaé no se imaginaba que Michel Adanson le iba a enviar tantos y tan variados objetos. Pensaba que habría hecho una selección. Estaba en la puerta con Pierre-Hubert Descotils, que había ido a enseñarle los planes de la renovación del castillo. El joven había parecido tan sorprendido como ella al ver una carroza tan hermosa transformada en una vulgar carreta de mudanzas. Después de Évezard, el arquitecto de Moulins que había dirigido los primeros trabajos de reconstrucción del castillo veinte años atrás, Aglaé había contratado a Pierre-Hubert Descotils para acabarlos. Tenía poco más de treinta años y era alto, moreno, de porte altanero, con una frente amplia, una hermosa dentadura y los ojos claros. El timbre de su voz era extraordinario, ligeramente grave, sin exagerar. Pronunciaba todas las palabras con precisión pero sin resultar afectado, arrastrándolas un poco como esos tartamudos a quienes delatan sus esfuerzos naturales al disimular. Esta particularidad había intrigado a Aglaé todo el tiempo que pasaron juntos aquella tarde.

Con la cabeza inclinada sobre los planos del castillo, tan cerca de la suya que le bastaba con susurrarle para que ella pudiese oír sus explicaciones, Aglaé había creído percibir timidez en las ínfimas inflexiones de su voz. Pero sin duda se había equivocado, porque, ante la estampa de Jacques apretujado en su coche atestado de paquetes dispares y absurdos, Pierre-Hubert Descotils había soltado una carcajada clara, sonora y potente que también le había gustado. Recomponiéndose, el arquitecto se despidió de ella y le prometió volver una vez que los planos del castillo estuvieran corregidos según sus «directrices». Una leve sonrisa en los labios.

Contrariado por semejante recibimiento al final de su agotador viaje, Jacques se enfurruñó a su manera, silenciosa y obstinada, y le replicó con frialdad a pesar de las calurosas palabras de bienvenida que ella exageraba para aplacarlo. Aglaé no podría hacerse nunca una idea de la cantidad de burlas que había tenido que soportar en París. La rue Mouffetard, principalmente, había sido para él un infierno. Un grupo de niños descontrolados lo habían escoltado hasta la barrera de Italia. Se habían dedicado a lanzarle guijarros bajo la mirada cómplice de los adultos, sus padres. Para los niños de la interminable rue Mouffetard, su berlina había sido una carroza de carnaval. Al acercarse, Aglaé comprendió por qué Jacques conservaba su mal humor desde París. No era solo que el techo del coche estuviera atestado de bultos enormes, sino que también lo estaba el habitáculo, repleto de un maremágnum de plantas en tiestos, de libros y de una multitud de mueblecitos bajos de diferentes formas. El peso de aquel caos de objetos era inmenso. Aglaé sabía que Jacques amaba a sus cuatro caballos como si fueran sus amigos, y debía de haber sufrido viéndolos sudar mientras ascendían las largas cuestas que precedían La Charité-sur-Loire y muchas otras más a lo largo del trayecto. De modo que le suplicó solemnemente que la perdonase por haberse reído a su entrada en el patio. Pero Jacques no lo hizo hasta que ella le ordenó a Germain, su jardinero, que lo ayudase a desguarnecer a los caballos, secarlos y darles de comer.

Cuando volvió a quedarse sola, de pie en medio del patio, levantó la mirada hacia el cielo, donde florecían ramilletes de nubes azul turquesa almenadas por el crepúsculo. Sombras de vencejos lo surcaban y sus gritos sobreagudos exaltaban su corazón. Un olor a tierra caliente envolvía a la joven como un tejido de alegría. Aglaé había notado que se le hacía un nudo en la garganta fruto de una felicidad dulce, insidiosa, profunda. Creía adivinar la causa, prohibiéndose a la vez explicársela con claridad, porque era demasiado pronto. Esperaría para comprender mejor y analizar su exaltación. Se prometía hacerla aflorar a su clara consciencia una vez que todo estuviese en orden en la finca.

Pierre-Hubert Descotils le inspiraba ternura. Aún no se atrevía a decirse que aquello podía ser amor.

VIII

Michel Adanson no tiraba nada. De un tiesto de terracota desportillado y conservado desde hacía mucho sacaba un buen día pequeños fragmentos regulares que empleaba para drenar el suelo al pie de un joven plantón de árbol, cuando no los apilaba para enriquecerlo también de polvo de minerales. Era ahorrativo no solo con los útiles de jardinería, sino también con los libros. Decía a menudo que, de cien libros de botánica, no había más de diez que valiese la pena leer. «Y ya son muchos... Si quitásemos todas las páginas motivadas por concesiones académicas de sus autores y por una vanidad mal disimulada por la falsa modestia, no quedarían más de cinco útiles», añadía. Para él, las enciclopedias y los diccionarios eran los libros más provechosos, porque sus autores, obligados por la brevedad de sus artículos, no habían tenido tiempo para jugar a los cortesanos. Aglaé dudaba mucho que su padre predicase por su propia enciclopedia, cuyos bosquejos titánicos iban a quedar para siempre en el estadio de borrador. Pero las célebres flaquezas que compartía con sus colegas no lo arrastraban, según ella, que había acabado por divinizarlo, a someterse como los demás a una ambición microscópica. La de Michel Adanson tenía el mérito de ser grandiosa.

Aglaé no podía imaginarse que entendería tan rápido, mientras vaciaba la berlina de decenas de objetos y mueblecitos desparejados, hasta qué punto la utilidad es un asunto subjetivísimo. La heredera de un catalejo con la lente rota no sabía explicarse por qué su padre había considerado indispensable legárselo. Pasó revista a todos los compartimentos de su memoria en busca del modelo que le permitiera usarlo. ¿Le había dado toda una serie de objetos heteróclitos únicamente para que ella intentase penetrar en sus misterios? Quizá era la manera indirecta que había encontrado para colarse alguna que otra vez en la mente de su hija. ¿Para qué podían servir aquel compás de metal verdigrís, aquel cuchillo mellado, aquella lámpara de aceite oxidada? ¿Qué pensar de aquel collar de cuentas de cristal blancas y azules o del trozo de tela, un pedazo de indiana estampada con cangrejos violetas y peces amarillos, que había desenterrado del cajón de un mueblecito? También había descubierto en aquel mismo mueble un luis de oro, y no entendía cómo su padre, tan ahorrador, había podido abandonarlo allí.

Sin embargo, sorprendida por aquella extraña última voluntad de cargarla de cosas sin otro valor aparente que el de haber pertenecido a su padre, Aglaé decidió no tirar nada, por miedo a arrepentirse un día de haberse desprendido de una bagatela cuyo interés solo le habría restituido el trabajo involuntario de su memoria por el desvío de un sueño. Y se felicitó por haber tomado esta decisión cuando hubo exhumado de debajo del asiento del coche una caja de vinos donde había tres grandes tarros que cabía suponer que contenían confitura, cuidadosamente protegidos por varias capas de papel de periódico, cerrados con cordel.

Había deshecho los nudos con cuidado, intrigada por descubrir lo que ocultaba tanto papel. Eran los señores Guettard, Lamarck y Condorcet, las tres «ranas de cortesía» de su padre. Al volver a encontrarlas conservadas en un formol amarillento, sin ninguna etiqueta explicativa, Aglaé sonrió al comprender que, con aquellos tres caballeros que le legaba, su padre tejía los lazos de una memoria compartida únicamente por ellos dos. Aquello que los había aproximado en los últimos años de su vida, cuando ella iba a visitarlo a su invernadero casi todos los viernes por la tarde, estaba allí, en el fondo de aquellos tarros. Aquello la avisaba de no tirar nada antes de dilucidar el sentido de todos aquellos objetos dispares. Era como un juego cuyas reglas su padre le hubiera confiado la responsabilidad de descubrir con el paso del tiempo.

Siguiendo el ejemplo de su padre, Aglaé había hecho construir un invernadero en el patio de la finca donde se alojaba durante las obras del castillo. Aquel invernadero no servía solamente para preparar las plantaciones del año siguiente para el parque de Balaine, que ya poseía cierta belleza desde que se había puesto a organizarlo a su manera. Era también un lugar donde mantenía un vínculo de ultratumba con su padre, una correspondencia de espacio donde germinaban sus preocupaciones idénticas. Gracias a aquel lugar húmedo y cálido, saturado de olores de tierra y de flores, Aglaé hablaba con Michel Adanson después de su muerte. El invernadero de Balaine hizo eclosionar solidaridades mudas, un depósito infinito de intercambios y de pensamientos paralelos. A medida que adquiría las mismas competencias de jardinero que él, fueron conversando en silencio, intercambiaron sus experiencias de floración y esquejes, inspirados por lo que podría haberle dicho si el hombre siempre hubiese sido de este mundo.

IX

Aglaé llegó de buena mañana dos días después de que descargasen todo el legado de su padre en el invernadero. El tejado de cristal, recubierto de gotitas de rocío, empezaba a humear con las caricias de los primeros rayos del sol. Reinaba aún una penumbra fresca. Distinguía los contornos de las cosas, pero no los detalles del material o el color. Aquello era un pequeño templo de objetos fantasma. En sus tres tumbas de cristal, alineadas sobre un estante, las «ranas de cortesía» solo eran unas masas informes, indiscernibles, ahogadas en la opacidad del ambiente.

En lo alto de la misma estantería, la sombra de un ave nocturna disecada levantaba las alas. Y, por una ilusión óptica que duraría hasta que la luz entrase a chorros en el invernadero, Aglaé se imaginó que el pájaro iba a emprender el vuelo para abalanzarse sobre su cabeza.

Sus plantas parecían haber desaparecido, engullidas en un formidable desorden de cubos, tarros, herramientas de todo tipo y tiestos de flores vacíos.

Se prometió organizar todos aquellos objetos apilados por Jacques y Germain contra las paredes de la vidriera dos días antes. La luz no las atravesaba tan bien como hubiera convenido para que sus trasplantes arraigasen, sus esquejes se desarrollasen y sus flores exóticas sobrevivieran al siguiente invierno. Tras cerrar la puerta de vidrio, Aglaé fue a agacharse en el centro del invernadero como había visto hacer a su padre, al estilo de los negros de Senegal. El día se fue extendiendo poco a poco, borrando el misterio que les había conferido a las cosas. A su izquierda, muy cerca, a medio metro de altura, un mueblecito bajo de abigarrada caoba, como una especie de escritorio en miniatura, le ofrecía sus cuatro cajones reluciendo al sol matutino. Los tiradores: cuatro manitas de bronce claro con los índices estirados. En el tablón de encima: una espesa y extensa película de cera blanca. Aglaé recordó que era en aquella mesilla de cama donde ardían las últimas velas que iluminaban el lecho de muerte de su padre.

De pronto, por un juego de reflejos de sombra y luz, creyó percibir, grabado en la madera de uno de los cajones, justo debajo de un tirador, una especie de dibujo en relieve. Se inclinó para ver mejor. Como dibujado con la punta del índice recto del tirador, reconoció una flor. Sin duda, grabada con punzón en la madera de palisandro, una flor de hibisco, casi cerrada en sí misma, dejaba asomar un largo pistilo coronado por unas pizcas de polen en forma de granos de arroz.

Abrió el cajón del hibisco y encontró aquel collar de cuentas de cristal blancas y azules, el trozo de indiana y el luis de oro que ya había entrevisto los días anteriores. Pero, después de abrir los otros tres cajones, le pareció que el que llevaba la marca de la flor era menos profundo que el resto. Intentó sacarlo de su sitio sin lograrlo e, inspirada por una intuición repentina, casi involuntariamente empujó en el punto preciso del exterior del cajón donde estaba grabado el hibisco. Creyó entonces notar bajo su índice un pequeño clic, como si, por efecto sutil de una serie de diminutos resortes, se hubiera accionado un mecanismo secreto. Exacto, la cara exterior del cajón bajó de una sola pieza dejando al descubierto, a un tercio de su altura, una pequeña repisa sobre la que se podía ver el dorso redondeado de una gran cartera de tafilete rojo oscuro. El doble fondo del cajón se había cerrado tan herméticamente que el tafilete no tenía polvo.

Dejando su postura agachada, Aglaé se sentó en el suelo del invernadero. No se atrevía a desatar la cartera roja, tan indecisa como la flor del hibisco grabada en el frontal del cajón secreto. ¿Se cerraba al caer la noche o se abría al despertarse el día? Aglaé desató con lentitud la cinta negra que cerraba la cartera y, en la primera página del cuaderno de grandes hojas, descubrió una flor seca. De filamentos rectos, naranja chillón, incrustados en la filigrana del papel denso, le pareció que la flor, cuando estaba viva, debía de haber sido rojo escarlata. Una constelación de puntos amarillo azafrán que la coronaban revelaba un resto de polen despegado del pistilo. Aglaé reconoció en la siguiente página, sin casi espacio en los márgenes, la escritura fina, apretada y regular de su padre.

¿Aquellos cuadernos eran para ella? Le parecía que no los había descubierto por casualidad y que la esperaban desde hacía unos meses en aquel cajón con doble fondo. Pero ¿por qué su padre se había arriesgado a que no los encontrase? ¿Por qué había puesto tantos obstáculos materiales a su lectura? Si ella no hubiese querido recibir en Balaine todos aquellos objetos legados, si no hubiese examinado con la mirada cada uno de ellos para desvelar sus misterios, se habría perdido la cartera de tafilete rojo. Descubrir aquellas hojas manuscritas era, quizá, descubrir a un Michel Adanson oculto, íntimo, que no habría conocido de ninguna otra manera. Aglaé vaciló. No estaba segura de querer saber. Las primeras palabras que leyó la desarmaron.

X

Para Aglaé, mi querida hija,
8 de julio de 1806

Me he desmoronado como un árbol carcomido por dentro por las termitas. No se trata solo del desmoronamiento físico al que has asistido estos últimos meses de mi vida. Mucho antes de que se me rompiese espontáneamente el fémur, otra cosa se hizo añicos dentro de mí. Sé el momento exacto; descubrirás las circunstancias si aceptas la lectura de mis cuadernos. Cuando todos los escudos que había colocado alrededor de mis recuerdos más dolorosos acabaron de caer, entendí que debía contarte lo que me pasó realmente en Senegal. Solo tenía veintitrés años cuando fui allí. Mi historia no es la que has podido leer en la publicación de mi crónica del viaje; se trata más bien de narrarte mi juventud, mis primeros pesares y mis últimas esperanzas. Me hubiese gustado que mi padre me hubiera contado su vida, sin vergüenza y sin pudor, como te la cuento yo a ti.

Te debo la verdad para que cumplas mi verdadera última voluntad. No tengo claro si he calculado bien todas las consecuencias prácticas. Es cosa tuya, mi querida Aglaé, darles cuerpo, reinventarlas en el instante en que te enfrentes a la persona que te pido que vayas a ver en mi nombre. Todo dependerá, sin duda, de tu lectura de mis cuadernos... Te ahorro la carga de la publicación de mi *Orbe universal.* Te perderías sin remedio en mis borradores. El hilo de Ariadna que creí encontrar para recorrer la naturaleza sin perderme no existe. He dejado que tu madre se ocupe de publicar extractos de mi método, persuadido de que ese proyecto fracasará. Jeanne no sufrirá; ella sabe, como yo, que la edición de mis libros siempre ha sido una causa perdida. Soy una rama cortada de la botánica. Linneo es quien ha ganado la partida. Él pasará a la posteridad, yo no. No me sabe mal. He acabado comprendiendo, y noto que tú lo adivinaste al frecuentarme en los últimos tiempos, que mi sed de reconocimiento, mis ambiciones académicas y mi proyecto enciclopédico no eran más que espejismos; espejismos creados por mi mente para protegerme de un terrible sufrimiento nacido durante mi viaje a Senegal. Lo enterré al volver a Francia, mucho antes de que tú nacieses, pero ni por asomo estaba muerto.

No se trata de lastrarte con una parte de mi sentimiento de culpa, sino de dejarte conocer al hombre que soy. ¿Qué otra herencia útil para la vida pueden esperar los hijos de sus padres? Por lo menos, es lo único que me parece de valor. En el momento en que escribo estas líneas, te confieso mi temor de presentarme desnudo ante ti. No porque me dé miedo que te burles de mí como lo hizo Cam de su padre Noé cuando lo sorprendió durmiendo en el suelo, desplegando su desnudez ante las miradas de sus hijos tras una noche de borrachera. Solo temo que, como hija de tu tiempo, prisionera de los caprichos de la vida, tan insensible a los demás como lo pude ser yo durante parte de mi existencia, no encuentres jamás mis cuadernos secretos. Temo tu indiferencia.

Para leer estas hojas tendrás que haber aceptado quedarte en herencia con mis pobres muebles únicamente por el hecho de que me han pertenecido. Si me estás leyendo es porque has investigado mi vida oculta y las habrás encontrado, porque me querías un poco. Quererse también es compartir el recuerdo de una historia común. Yo me esforcé muy poco en encontrar momentos para hacerla eclosionar cuando eras una niña y luego una muchacha. Te la regalo ahora que te has convertido en una mujer y que la muerte me habrá hurtado de tu mirada y de tu juicio. Estaba demasiado ocupado en huir de mí mismo como para dedicarte tiempo, y ahora lo lamento. Pero la rareza de nuestros recuerdos comunes quizá lo compense… Pésimo consuelo.

Si me lees es que no me he equivocado al pensar que les dabas importancia a nuestros paseos habituales por el Jardín del Rey cuando eras una chiquilla. Me he acordado de cómo te maravilló la facultad que tiene la flor del hibisco, independientemente de la variedad, y Dios sabe que no son pocas, de cerrarse y abrirse según sea de día o de noche. A lo mejor recuerdas que me preguntaste si esa era la manera que tenía aquella flor de cerrar los ojos, como nosotros, por las noches. «No, no tiene párpados, se duerme con los ojos abiertos», te respondí para mantener tu poesía del mundo. ¿Recuerdas que desde ese día y durante cierto tiempo lo llamaste «la flor sin párpados»? No te sorprenderá, pues, que haya escogido el hibisco como nuestro signo de reconocimiento. Lo he grabado en el frontal de mi mesilla de noche para indicarte dónde se sitúa el mecanismo de apertura de ese cajón con doble fondo donde te esperarán mis cuadernos. El hibisco es la clave de mi secreto y, si la has encontrado, es que supe hacerte amar las pocas horas que pasamos juntos contemplando esta maravilla de la naturaleza.

Espero con toda mi alma que leas un día estas líneas que abren el relato de mi viaje sin nombre. Te dejo la tarea de encontrarle título. Léelo con indulgencia. Ojalá encuentres algo que te alivie de ese peso inútil ligado generalmente a la vida de la mayor parte de los hombres y las mujeres, como si no pesase ya bastante de por sí: el de los prejuicios.

MICHEL ADANSON

Aglaé levantó la mirada del tafilete rojo. La luz bañaba ya del todo el invernadero; las tres «ranas de cortesía» de su padre eran espantosamente visibles en sus tarros de formol alineados en el estante frente a ella. Tenía calor y sintió las piernas entumecidas. Lo cierto es que eran casi las nueve y tenía mucho que hacer antes de que Pierre-Hubert Descotils, el joven arquitecto, fuese por la tarde a enseñarle los planos revisados del castillo. Le había anunciado su visita por medio de una nota.

Tampoco deseaba que Violette, la cocinera, y Germain, el jardinero, a los que había contratado en la anterior fiesta de San Juan, la sorprendiesen así, abandonada en el invernadero, en el suelo, con el mentón temblando como el de una chiquilla al borde de las lágrimas.

XI

Al caer la noche había hecho que Germain instalase junto a su cama el mueblecito del hibisco, donde colocó una lámpara de aceite con una pantalla de cristal grabado. Una vez que se hubo acostado, con la espalda apoyada en dos almohadas bordadas con las iniciales de su madre y las piernas tapadas con un pesado edredón de raso amarillo dorado, Aglaé se puso a leer los cuadernos de Michel Adanson. La luz vacilante de una llamita le recordaba, con el reflejo amarillo desvaído de sus brincos sobre las hojas que iba pasando lentamente, a la que había iluminado los últimos momentos de su padre.

Salí de París rumbo a la isla de Saint-Louis de Senegal a los veintitrés años. Quería labrarme un nombre en la ciencia botánica, lo mismo que otros en la poesía, la economía o la política. Pero, por un motivo que no sospechaba pese a lo evidente, no sucedió lo que tenía previsto. Viajé a Senegal para descubrir plantas y encontré seres humanos.

Somos fruto de nuestra educación y, al igual que todos los que me habían descrito el orden del mundo, creí de buena fe que lo que me contaron de la brutalidad de los negros era verdad. ¿Por qué iba a poner en duda la palabra de maestros a los que respetaba, herederos ellos mismos de maestros que les habían asegurado que los negros son incultos y crueles? La religión católica, de la que casi me convertí en sirviente, enseña que los negros son esclavos por naturaleza. Sin embargo, si los negros son esclavos, sé perfectamente que no lo son por decreto divino, sino porque conviene creerlo así para continuar vendiéndolos sin remordimientos.

De manera que me fui a Senegal en busca de plantas, de flores, de conchas y de árboles que ningún otro erudito europeo hubiese descrito hasta entonces, y encontré sufrimientos. Los habitantes de Senegal no nos son menos desconocidos que la naturaleza que los rodea. Y, sin embargo, creemos conocerlos lo suficiente como para pretender que son inferiores a nosotros por naturaleza. ¿Es porque nos parecieron pobres cuando los vimos por primera vez hace ya casi tres siglos? ¿Es porque no experimentaron la necesidad, como nosotros, de construir palacios de piedra resistentes al raudal de generaciones sucesivas? ¿Podemos considerarlos inferiores porque no construyeron barcos transatlánticos? Era posible que estas razones explicasen el motivo por el que no los considerábamos nuestros iguales, pero todas y cada una de ellas eran falsas.

Siempre reducimos lo desconocido a lo conocido. Si no construyeron palacios de piedra, quizá fuera porque no les parecieron útiles. ¿Hemos intentado averiguar si no disponían de medios distintos de los nuestros para atestiguar la magnificencia de sus antiguos reyes? Los palacios, los castillos, las catedrales de las que nos vanagloriamos en Europa son el tributo pagado a los ricos por centenares de generaciones de pobres cuyas casuchas nadie se ha preocupado de conservar.

Los monumentos históricos de los negros de Senegal se encuentran en sus relatos, en sus dichos, en sus cuentos, transmitidos de generación en generación por sus historiadores cantores, los *griots*. Las palabras de los *griots*, que pueden estar tan bien cinceladas como las piedras más bellas de nuestros palacios, son sus monumentos de eternidad monárquica.

Que los negros no hubieran construido barcos para venir a reducirnos a la esclavitud y apropiarse de nuestras tierras de Europa no me parecía una prueba de su inferioridad, sino de su sabiduría. ¿Cómo vanagloriarnos de haber inventado esos barcos que los transportaron por millones a las Américas en nombre de nuestras ansias insaciables de azúcar? Los negros no confunden la avaricia con una virtud, como hacemos nosotros sin plantearnoslo siquiera, tan naturales nos parecen nuestras acciones. Ellos tampoco piensan, como nos indicó Descartes, que debamos comportarnos como los amos y señores de toda la naturaleza.

Tomé conciencia de la disparidad de nuestras visiones del mundo, pero sin encontrar nada por lo que menospreciarlos. Si algún viajero hubiese querido molestarse en conocer realmente a los africanos, debería haber hecho como yo. Me limité a aprender una de sus lenguas. Y en cuanto supe suficiente wólof para entenderlo sin confusión, tuve la sensación de ir descubriendo poco a poco un paisaje magnífico que, burdamente reproducido por el mal pintor de un decorado de teatro, había sustituido hábilmente al original. La lengua wólof, hablada por los negros de Senegal, vale tanto como la nuestra. Embuten en ella todos los tesoros de su humanidad: su creencia en la hospitalidad, la fraternidad, sus poesías, su historia, su conocimiento de las plantas, sus proverbios y su filosofía del mundo. Su lengua es la clave que me permitió comprender que los negros cultivaban unas riquezas distintas de las que nosotros perseguíamos subidos en nuestros barcos. Estas riquezas son inmateriales. Pero al escribir esto no quiero decir que los negros de Senegal estén hechos de una pasta diferente al resto de la humanidad. No son menos hombres que nosotros. Como todos los seres humanos, sus corazones y sus mentes pueden estar sedientas de gloria y de riqueza. También entre ellos hay seres codiciosos dispuestos a enriquecerse a costa de los demás, a saquear, a masacrar para conseguir oro. Pienso en sus reyes, que, como los nuestros hasta llegar al emperador Napoleón I, no dudan en favorecer la trata de esclavos para aumentar su poder o mantenerse en él.

Mi primer profesor de idiomas se llamaba Madièye. Era un hombre de cuarenta y tantos años que había sido intérprete de varios directores generales de la Compañía de Senegal. Madièye, que hablaba bastante bien el francés corriente, no sabía traducirme los términos de botánica cuyas propiedades medicinales solo conocen los iniciados, tanto hombres como mujeres. De manera que lo despedí rápido, porque me fiaba mucho más de Ndiak, que tenía doce años cuando lo conocí y a quien le enseñé nociones de botánica para que me ayudase eficazmente cuando yo interrogaba en wólof a los entendidos en esta ciencia.

Estoupan de la Brüe, el director de la Compañía de Senegal, había hecho que el rey de Waalo, con quien tenía trato, me confiase a Ndiak, quien fue mi pasaporte a Senegal. En compañía suya, más la de algunos hombres armados que me proporcionó el rey en persona, nada podía sucederme. Ndiak me había contado que era príncipe, pero que nunca sería rey de Waalo. No tenía importancia en la línea sucesoria del reino de Waalo, y por eso su padre había aceptado que saliese de la corte, situada en Nder, para venirse conmigo a petición del señor De la Brüe. Solo los sobrinos del rey por parte de madre pueden acceder al trono en Senegal. Esto es lo que me explicó Ndiak cuando nos vimos por primera vez, de aquella manera tan particular suya.

–Cuando una criatura nace de una reina solo podemos tener una certeza: que como mínimo la mitad de la sangre que corre por sus venas es sangre real. Siempre se reconocen las manchas de la madre en un cachorro de pantera; raramente las del padre.

Como cada vez que bromeaba, Ndiak se guardaba mucho de que se le escapase una sonrisa y se ponía una máscara de impasibilidad que lograba conservar a pesar de las ganas tremendas de desternillarse. Solo lo traicionaban los párpados –pestañeaba mientras se atrevía a contar alguna ocurrencia guasona–, y quizá también un poco las comisuras de los labios, que se le crispaban levemente. Ndiak era un gran inventor de proverbios espontáneos y nadie que lo frecuentase podía evitar quererlo.

Ndiak me repetía que se parecía sobre todo a su madre. Era la mujer más noble y más hermosa del reino de Waalo, o sea, del mundo entero, y, como él había heredado su belleza, era naturalmente el muchacho más hermoso que yo había visto en mi vida. Efectivamente, sus rasgos eran de una regularidad y una simetría asombrosas, como si la naturaleza hubiese calculado las proporciones de su cara sirviéndose del mismo número áureo que el escultor del *Apolo del Belvedere*. Yo me conformaba con asentir sonriente cuando Ndiak fanfarroneaba, algo que lo animaba a decirle, sin reírse, a quien quisiera escucharle: «Mira, hasta este *toubab* de Adanson, que ha visto más países que todos nosotros juntos contando las cinco generaciones de tus antepasados, tú que me miras con esos ojos redondos de negro, hasta Adanson reconoce que soy el más bello entre los bellos».

Yo soportaba su altivez porque había entendido que la empleaba para superar sus reticencias a la hora de hablarme de un montón de personas muy doctas en botánica. Estas desconfiaban de todos los blancos y de mí en particular, que hacía preguntas sobre temas poco habituales. Ndiak era un facilitador de confidencias dotado de una memoria prodigiosa. Y gracias a él pude aprender una gran cantidad de costumbres que a los funcionarios de la Compañía de Senegal, incluido su director Estoupan de la Brüe, desde luego les habría convenido mucho conocer si es que querían obtener más beneficios del comercio con los diversos reinos del país.

XII

Oí hablar por primera vez de la «aparición» cuando llevaba en Senegal poco más de dos años.

Fue una noche, cuando estaba en la aldea de Sor, situada a casi una hora a pie de la isla de Saint-Louis. Ndiak y yo habíamos abandonado el fuerte al amanecer con la intención de herborizar antes de llegar a aquella aldea cuyo acceso desde el río era extremadamente difícil. Tapado por plantas espinosas, bloqueado por matojos, apenas visible, el camino que conducía a Sor me pareció indigno de su proximidad con la isla de Saint-Louis, donde en la época de mi viaje a Senegal vivían, alrededor del fuerte del director general de la Compañía, algo más de tres mil habitantes, negros, blancos y mestizos. La falta de cuidado a la hora de mantener un camino que podría haber decuplicado los intercambios y los beneficios comerciales entre la isla de Saint-Louis y la aldea de Sor, con una población de alrededor de trescientas almas, me parecía una prueba de la negligencia de los negros. Pero aquella misma tarde salí de mi error.

Baba Seck, el jefe de la aldea de Sor, a quien yo le había comentado en varias ocasiones la falta de comodidad del camino que llevaba hasta su casa, siempre se había contentado con responderme sonriendo que, si Dios quería, pronto llegaría el día en que Sor fuese más accesible. Aunque su respuesta no me convencía, no insistía, porque consideraba a Baba Seck un amigo que me había demostrado muchas veces su sabiduría y apertura de mente. Era un hombre de cincuenta y tantos años, de gran estatura y corpulencia, aire afable y una autoridad natural sobre los aldeanos, sus administrados, que había adquirido por medio de su elocuencia.

Fue su palabra lo que me salvó, durante una de mis primeras visitas a la aldea, cuando me atreví a matar, en plena asamblea, una serpiente sagrada, una víbora, que se acercaba peligrosamente a mi muslo derecho mientras estaba sentado con las piernas cruzadas sobre una estera de juncos. Con una frase, Baba Seck detuvo el bastón que Galaye Seck, su primogénito, estaba a punto de descargarme sobre la cabeza. Con otra, atajó los gritos de los presentes mientras recogía el cadáver de la serpiente y se la guardaba rápidamente en uno de los grandes bolsillos de sus ropajes. Me conformé con su contestación evasiva, hasta la noche en que comprendí que la historia de la «aparición» que nos contaba era una respuesta a mi crítica.

En casi todas las aldeas que visité en Senegal se erigen grandes tarimas cuadradas situadas casi un me-

tro por encima del suelo y sostenidas por los cuatro
ángulos sobre sólidas y gruesas ramas de acacia. Estas
tarimas, donde caben alrededor de una decena de personas, sentadas o tumbadas –el suelo está hecho de
ramas formando celosías tapizadas con varias capas
de esteras–, son refugios al aire libre. No contra los
mosquitos que por allí pululan, sino para huir del calor abrasador que reina en el interior de las casas durante las noches más calurosas del año, los meses de
junio a octubre. Es ahí, bajo la bóveda estrellada, cuyas constelaciones conocen los negros igual que nosotros, donde toman el aire, insensibles a las picaduras
de los mosquitos, contemplando una parte de la noche hasta dejarse vencer por el sueño. Los aldeanos
van tomando la palabra por turnos para narrar cuen-
tecitos y breves humoradas, o incluso para competir
en destreza en largas justas verbales, y pueden embar-
carse asimismo en relatos más serios. Y este, uno de
esos relatos que congelan la sonrisa, el de la «aparición», fue el que Baba Seck, levantando la mirada hacia las estrellas, me dedicó mientras parecía dirigirse a
todos los reunidos:
    –Las últimas noticias dicen que mi sobrina, Maram
Seck, ha sabido volver de una tierra imposible. Y, si ese
lugar no es la muerte, sin duda es contiguo al infierno. La secuestraron hace tres años en el camino que to-
mas hacia Sor, Michel, cuando vienes de la isla de Saint-
Louis. Por entonces no era necesario un machete para
abrirse paso. No hacía falta arrastrarse por ningún monte bajo, ninguna espina que te desgarrase. Después
de que raptasen a Maram, ignoramos quién, dejamos

73

que el camino se cerrase tras ella. Lo abandonamos a las malas hierbas que nos protegen de ladrones de niños y de esclavistas.

»Maram era como tú, Michel, le gustaba la soledad. Desde muy pequeña se entretenía con las plantas y los animales. Conocía los secretos de la vegetación, así que no entendimos cómo ella, que nos oía venir de lejos, que sabía leer las señales, pudo dejarse sorprender. Yo, Baba Seck, jefe de la aldea de Sor, el hermano mayor de su madre, su única familia después de que desapareciesen sus padres, corrí a buscarla a Saint-Louis. Interrogué a los *laptots*, que pescan en el río desde el amanecer, a las lavanderas y hasta a los niños de Saint-Louis que juegan todo el día al borde del agua. Visité la cárcel del fuerte, pregunté a sus guardias. Ninguno de ellos había visto a Maram.

»Estaba dispuesto a comprarla, listo para venderme a los que la habían capturado, pero sus raptores habían desaparecido sin que nadie supiera dónde estaban ni de dónde venían. Sin duda, huyeron hacia el sur sin pasar por ninguna de las aldeas cercanas, porque, a pesar de los mensajeros que enviamos en esa dirección, no encontramos ni rastro de Maram. Así que, tres meses después de su desaparición, tras haber batido los matorrales en todas las direcciones alrededor de la aldea para asegurarnos de que no se la había llevado un *djinn* enamorado adoptando la apariencia de un animal salvaje, organizamos su funeral. Yo, Baba Seck, que debería haberla casado con un joven bien vivo llegada la hora, decidí, ya que había partido sin poder despedirse de nosotros, que se casaría con la muerte. Lloramos y luego cantamos y bailamos dos días seguidos, según nuestra costumbre, para que Maram recuperase la serenidad tras la violencia sufrida y nos dejase en paz, allí donde estuviese, con los vivos o con los muertos.

»Dios es testigo de que no ha pasado un día desde entonces en que no piense en mi sobrina Maram Seck. Por eso decidimos cerrar tras ella el camino hacia Saint-Louis, que abandonamos a la maleza. Es un tributo de inacción que le pagamos para que nos defienda de ladrones de niños y de esclavistas.

Baba Seck se calló y, al igual que todos los que habían conocido a Maram Seck y pensaban en ella, medité sobre lo que acababa de oír. ¿Quién podía haberla secuestrado? En aquellos tiempos se había visto a jinetes moros llegados de la margen derecha del río, así como a guerreros saqueadores contratados por los reyes negros para rapiñar sus propias aldeas y venderles a los europeos esclavos raptados. ¿Baba Seck había hablado con gente honrada en la isla de Saint-Louis? ¿Le habían mentido?

Levantamos los ojos hacia las estrellas con Baba Seck, que no había dejado de observar el cielo a lo largo de su relato, como si en las constelaciones pudiesen leerse los destinos de mujeres y hombres de nuestra tierra, y encontrar respuestas a sus minúsculas preguntas ante la mirada de la inmensidad del universo.

Entonces, al contemplar el cielo de África, pensé que no somos nada, o muy poca cosa, en el universo. Tenemos que estar un poco desesperados por su pro-

75

fundidad insondable para imaginarnos que la más ínfima de nuestras acciones, buena o mala, vaya a ser sopesada por un Dios vengador. Se me pasó por la cabeza esta idea bajo la misma forma que tú me describiste, mi querida Aglaé, durante una de tus recientes visitas a la rue de la Victoire. Bajo las estrellas de la aldea de Sor, al escuchar la historia de la misteriosa desaparición de Maram contada por su tío Baba Seck, tuve la intuición repentina de que no me bastaría toda una vida para comprender ni una millonésima parte de los misterios de nuestra tierra. Pero, lejos de afligirme, la idea de ser más insignificante que un grano de arena en el desierto o que una gota de agua en el océano me exaltó. Mi mente tenía el poder de ubicarme, por ínfimo que fuese mi lugar, en medio de aquellas inmensidades. La conciencia de mis límites me abría el infinito. Era una partícula de polvo pensante capaz de intuiciones ilimitadas de las dimensiones del universo.

Tras unos instantes de meditación, Baba Seck reanudó su relato, que solo Ndiak y yo ignorábamos, pero que aquellos que sí lo conocían escuchaban atentamente:

–Llevábamos tres años sin pensar en Maram. Habíamos cumplido los últimos ritos con un dolor a la medida de nuestra ignorancia de su destino. Pero una buena mañana, hace apenas un mes, un hombre surgió de entre la maleza como tú, lo bastante perseverante como para abrirse camino hasta nosotros por su cuenta, indiferente a las espinas, las zarzas y los matorrales que nos protegen. Este hombre, perteneciente a una etnia serer, se llamaba Senghane Faye y decía ser el mensajero de Maram, refugiada en Ben, una aldea de la península de Cabo Verde situada no muy lejos de la isla de Gorea. Había vuelto viva desde más allá de los mares, de aquella región de donde, sin embargo, los esclavos nunca regresan. Maram quería saber si se habían celebrado sus funerales. Si era el caso, no volvería nunca más a Sor y nos suplicaba que sobre todo no intentásemos volver a verla, porque de lo contrario una gran desgracia se abatiría sobre nuestra aldea.

»Por más que interrogamos a Senghane Faye, el enviado de Maram, no dijo nada más sobre ella ni sobre los motivos por los que lo había elegido como mensajero. Por más que le rogamos que nos contase con detalle la suerte actual de nuestra hija, Senghane Faye permaneció mudo. Algunos, entre ellos mi hijo mayor, y los entiendo, se asombraron ante aquella actitud, hasta el punto de dudar de la veracidad de su historia. ¿Por qué no decía nada más? ¿No sería un impostor que, al enterarse por casualidad de la historia de la desaparición de Maram Seck, había querido sacarle provecho? Pero ¿qué provecho podía sacarle a semejante mensaje? ¿Contarles a sus parientes que una persona está viva cuando no lo está no es acaso un acto de crueldad inefable?

»Decidí conducirlo con una buena escolta ante el *kady* de Ndiébène, el representante del rey, para que este juzgase el asunto, pero a la mañana siguiente de su llegada, Senghane Faye, si es que ese era su verdadero nombre, había desaparecido, un poco como

77

Maram, sin dejar rastro. Desde su desaparición no sabemos qué pensar de este hombre ni de sus afirmaciones sobre Maram. Pero hay una cosa de la que estamos seguros, de que sus palabras resucitaron en nuestros pensamientos y en nuestros corazones la esperanza de que Maram estuviese realmente viva.

XIII

–¿... volver a casa, a Senegal, de la esclavitud de los blancos de América? ¡Es tan imposible como que a un circunciso le vuelva a crecer el prepucio!

Ndiak, ya con quince años, no se había ahorrado bromas sobre la historia de la aparecida en el camino de vuelta a la isla de Saint-Louis. Baba Seck se lo había inventado todo. Los aldeanos debían de estar burlándose con ganas de mí, Michel Adanson, el *toubab* que se había tragado todas aquellas elucubraciones. Iba a ser legendario.

–¡Ah! ¡Este Baba Seck es de lo que no hay! Es capaz de jurarte que ha caído un trozo de luna cerca de su aldea y tú te lo tragarías. Pero es verdad que habla bien.

Yo me había dado cuenta de que Ndiak sentía tanta curiosidad como yo por conocer el destino de la aparecida cuando le anuncié mi deseo de ir a buscarla a Cabo Verde. Estaba al tanto de la dureza de la esclavitud de los negros en las Antillas y en las Américas, y me preguntaba cómo era posible la historia de Maram. Si bien era habitual que colonos de las Antillas volvieran temporalmente a la metrópoli acompañados de algunos de sus esclavos negros para que se formasen en los oficios de tonelero, carpintero o herrador, jamás se les había visto aparecer por África, y menos aún por su aldea natal.

Yo sabía, a pesar de los nueve años que nos separaban, que Ndiak y yo compartíamos la exaltación de la juventud ante la aventura. Por un lado, Ndiak exageraba su incredulidad para empujarme a ejecutar mi proyecto de ir a verificar la presencia de la aparecida en la aldea de Ben, pese a las dificultades que ello entrañaba. Por otro, Ndiak, a quien siempre le gustaba tener la razón, como a los jovencitos de su edad, se preparaba una escapatoria por si descubríamos que la historia de la aparecida era un cuento. Pero nuestro deseo más o menos confeso de verificar la existencia de la aparecida se vio frustrado por grandes dificultades. La principal era que yo acababa de volver de un viaje a Cabo Verde y que se daba por sentado que no volvería por aquella región de Senegal antes de mi regreso a Francia. El director general de la Compañía, Estoupan de la Brüe, que no tenía ninguna consideración por mis investigaciones botánicas, no aceptaría proporcionar recursos y hombres que me acompañasen en un viaje sin un objetivo estimable a sus ojos.

Yo no les gustaba ni a él ni a su hermano, el señor De Saint-Jean, gobernador de Gorea, la isla de los esclavos. Les había dado a entender que de ninguna manera iba a desempeñar un trabajo de funcionario para la Compañía. Ellos habían esperado que me aviniese a ello, en compensación por los gastos que habían dedicado a mis investigaciones, cuando uno de sus funcionarios más eficaces murió de unas fiebres durante una misión en el interior de Senegal. Pero yo no tenía la menor intención de recorrer todas las factorías del río para cambiar marfil, goma arábiga o esclavos por fusiles y pólvora. Era botanista, aspirante a académico, no funcionario.

¿Cómo explicarles, pues, que quería irme a buscar a una negra que supuestamente había regresado de las Américas tras tres años de esclavitud, según el relato de un jefe de aldea negro? Los dos hermanos, igual de interesados en mi vuelta a Francia, se reirían en mi cara. Se apresurarían a informar a mis protectores de que estaba perjudicando a la Compañía de Senegal y sería acusado de intentar echar a perder el comercio principal, el de esclavos. Si la historia de la aparecida era verdad y la divulgaba, De la Brüe y De Saint-Jean declararían que perturbaba los asuntos de la Compañía, que ganaba por entonces una media de tres o cuatro millones de libras gracias a la trata.

Consciente del desacuerdo con aquellos dos señores de la Compañía, y suponiéndome en un callejón sin salida, Ndiak, que a duras penas me ocultaba sus enormes ganas de descubrir la verdad sobre la historia de la aparecida, me sugirió como quien no quiere la cosa un plan de acción. Recuerdo muy bien, todavía hoy, su discurso. Contenía la risa ante su propia impertinencia.

–Adanson, en principio no son los niños los que dan consejos a los adultos, pero aquí no puedo evitar darte uno. Si alguna vez te entran unas ganas locas de ir a verificar in situ la historia de la aparecida, cuéntale por ejemplo al señor De la Brüe que has oído hablar de una nueva especie de añil, de gran calidad, que crece en Cabo Verde. Dile que sería muy ventajoso para la Compañía que te desplaces en persona para estudiarlo y recoger algunos especímenes. ¿Por qué no fingir que debes observar in situ los procesos de teñido que emplean los negros de esa región de Senegal? ¡Adanson, esta estratagema es muy simple y me sorprende que con toda tu ciencia no se te haya ocurrido a ti solo!

Yo estaba acostumbrado a sus intentos de enfadarme. Una vez lo logró y después me confesó, con expresión radiante, que se lo había pasado en grande viéndome con los ojos encendidos y sobre todo con las mejillas y las orejas al rojo vivo. Acto seguido me puso el mote de Khonk Nop, Orejas Rojas, durante un tiempo. Así que me limité a responder con sonrisas a sus mofas para no darle de nuevo la burlona alegría de hacerme cambiar de color. No obstante, aunque su impertinencia me indisponía contra él, admití que su estratagema me parecía válida, para su gran satisfacción.

Durante la entrevista que se celebró, unos días después, con Estoupan de la Brüe en su despacho del fuerte de Saint-Louis, añadí, para convencerle de que me dejase volver a Cabo Verde, un nuevo argumento a los que me había propuesto Ndiak. No veía la hora de anunciárselo a mi joven compañero para enfurecerlo, y era que iríamos de Saint-Louis a la aldea de Ben, en Cabo Verde, a pie y no en barco.

Por su parte, el señor De la Brüe me sugirió que sería de mucha utilidad para la Compañía de Senegal que recogiésemos datos recientes sobre la aldea de Meckhé, donde se establecía a veces el rey de Cayor con su séquito cuando deseaba comerciar personalmente con esclavos sin alejarse de la costa atlántica. Esta gran aldea fortificada, ubicada un poco tierra adentro, estaba prácticamente a medio camino entre Saint-Louis y la península de Cabo Verde, y sería buena idea que me detuviese allí. Acepté, y De la Brüe me anunció al final de nuestra entrevista que me concedía de inmediato una escolta de seis hombres armados y dos porteadores hasta Cabo Verde.

—Si necesita usted algo más cuando llegue allí, vaya a ver de mi parte a mi hermano, el señor De Saint-Jean, a su isla de Gorea.

De la Brüe era un hombre práctico con probabilidades de llegar a ser alguien en la Compañía de las Indias Orientales, de la que dependía la Compañía de Senegal, si convencía a sus principales accionistas de su capacidad para obtener enormes sumas de dinero por medio de un recrudecimiento del comercio de esclavos. Cuando volví a verlo a finales del mes de agosto de 1752, De la Brüe preveía que yo iba a regresar pronto a Francia, y sin duda le pareció necesario salvar las apariencias de nuestras relaciones, que hasta la fecha habían sido execrables.

Él mismo volvía de una estancia de dos años en Francia, adonde lo habían llamado para poner en orden unos asuntos familiares. Su tío abuelo, Liliot-Antoine David, el gobernador general de la Compañía de las Indias Orientales, a quien mi padre se había dirigido para que concediera mi viaje a Senegal, había debido de darle a entender a su sobrino que podía nombrarlo su sucesor. Y, en efecto, De la Brüe no volvió a ser el mismo tras su regreso de París.

Si anteriormente no nos escondía su gusto por el exceso ni a mí ni a los funcionarios de la Compañía de Senegal, a partir de entonces se dedicó a disimular al máximo. El grupo de «desgraciadas rameras» que lo acompañaba siempre, incluso cuando visitaba por vía marítima todas las factorías de la Compañía, desde Cabo Blanco hasta la isla de Bisáu, desapareció. Ya no clamaba a voz en grito, para hacer reír a sus empleados, igual de libertinos que él, que visitaba de arriba abajo el interior de África por lo menos cada doce horas. Su libertinaje ya solo lo delataba su rostro picado por la sífilis.

De manera que si Estoupan de la Brüe no me planteó ninguna dificultad a la hora de proporcionarme todo lo necesario para mi viaje por tierra desde la isla de Saint-Louis hasta la aldea de Ben, en Cabo Verde, fue por puro cálculo. Hasta entonces, se había empeñado en rechazar poco sutilmente todas mis peticiones de salvoconductos, hombres y recursos, que me habrían permitido montar gabinetes provisionales donde llevar a cabo mis experimentos de erudito naturalista. Debió de pensar que su nombramiento para ocupar el muy codiciado puesto de gobernador general de la Compañía de las Indias Orientales se vería facilitado si aportaba pruebas de su conocimiento profundo de la política de los reyes de Senegal, de sus cualidades y puntos débiles. Y creyó encontrar en mí a un informador útil.

Muy feliz de ver como transigía y de haber adivinado que podía tener alguna influencia sobre él, acepté convertirme en el espía de De la Brüe. Pero las esperanzas de ascenso del director de la Compañía de Senegal se vieron truncadas cinco años después de mi regreso a Francia, cuando el fuerte de Saint-Louis fue tomado por los ingleses, al igual que el de Gorea unos meses más tarde.

A Ndiak, al que fui a ver justo después de mi charla con De la Brüe, le confundió la alegría que reflejaba mi cara. Se debía tanto a la victoria que pensaba haber obtenido sobre la avaricia del director de la Compañía como a mi satisfacción anticipada por ver la cara de perplejidad de mi joven amigo cuando le contase que no iríamos a la aldea de Ben por mar sino a pie. No tardé en verla. La sonrisa de Ndiak, a quien había dejado que se atribuyese todo el rato la gloria de haber ideado la mentira a De la Brüe sobre las auténticas razones de nuestro viaje apelando a la investigación de un añil fabuloso, se congeló al anunciarle que recorreríamos a pie toda la Grande-Côte, probablemente durante varias semanas. Algo que me dio especial satisfacción fue que no pronunció ni una palabra de protesta. Por entonces yo aún ignoraba que Ndiak temía por su vida, pero que no me lo quería confesar por orgullo.

XIV

Salimos a pie de Saint-Louis, pues, la madrugada del 2 de septiembre de 1752 y, al contrario que Ndiak, yo estaba feliz. Lo que he publicado en mi relato del viaje no es mentira, me horroriza subir a un barco por culpa del mal de mar, contra el que jamás he podido hacer nada a pesar de todas las recetas que he creído encontrar para vencerlo. Éramos diez: Ndiak, yo, dos porteadores con mis baúles de instrumentos, libros y trajes, y seis guerreros del reino de Waalo armados con fusiles de chispa. No me importaba demasiado que avanzásemos más lentamente que por mar.

Seguimos la ruta que une Saint-Louis con la península de Cabo Verde por la zona situada un poco más al interior de las tierras de Senegal. Habría sido más rápido bordear la Grande-Côte, es decir, la larguísima playa de arena clara que va de Saint-Louis a la aldea de Yoff en sentido nor-suroeste. Pero, para cumplir la misión de espionaje de las aldeas pertenecientes al rey de Cayor, había previsto cortar por las rutas que enlazaban con ellas desde el este. Estoupan de la Brüe nos había proporcionado un salvoconducto que debía asegurarnos una relativa seguridad por aquel camino salpicado de pozos de agua dulce en los que podríamos apagar nuestra sed con bastante regularidad. Sin contar, elemento esencial para mí, con que las especies de plantas y de animales eran más variadas y menos conocidas que en la costa del océano Atlántico.

Nuestra partida de Saint-Louis fue lenta. No nos apresuramos, como si quisiéramos retrasar el momento del hipotético encuentro con la aparecida. Mientras no la viéramos, habría una posibilidad de que existiese. También, distraídos por todas las maravillas de la naturaleza, abundantes en Senegal, Ndiak y yo no dudamos en desviarnos de nuestra ruta para seguir a distancia a una manada de elefantes impasibles o ir tras la pista, siempre desde lejos, de un clan de leones saciados.

Ndiak no se mostraba menos paciente que yo. Lo había instruido en los métodos de la historia natural más o menos a la misma edad en que a mí me había apasionado, con la bendición de mi padre. Mi joven amigo me señalaba sin parar todo lo que le parecía interesante que observase o que dibujase y que podía pasar por alto. Fue él quien se fijó, en medio de una pequeña extensión de agua profunda que llamamos *charca* y que bordeábamos en aquel momento, en una planta maravillosamente bella conocida con el nombre de *Cadelari*. Sus hojas bajo el sol emitían centelleos de seda plateada, una especie de pelusa vegetal saturada de agua y luz. Ndiak me la señaló pestañeando, esforzándose por no reírse. Preveía que me costaría Dios y ayuda coger aquella planta acuática que me resultaba inaccesible: no sé nadar y no quería mojarme. Nos detuvimos en la orilla; la planta estaba a unos cuarenta metros de nosotros. Calculé que la charca no debía de ser demasiado profunda y que subido a hombros de uno de nuestros porteadores, que era bambara y medía algo más de metro ochenta, igual tenía una oportunidad de coger mi *Cadelari*. Me quité el redingote y los zapatos y me encaramé al porteador, que se hundió en el agua hasta el cuello cuando aún estábamos a medio camino de mi planta. Le echó valor y no dejó de avanzar con la cabeza bajo el agua. Yo estaba sumergido hasta medio cuerpo cuando logré agarrar con la punta de los dedos la *Cadelari*. Ocupado en cogerla con delicadeza, olvidé que a mi bambara, que se llamaba Kélitigui, debía de empezar a faltarle el aire y que mi pasión por la *Cadelari* iba a hacer que me ahogase con él. Pero Kélitigui, que era una fuerza de la naturaleza, al percibir sin duda por mis movimientos sobre sus hombros que ya tenía mi tesoro, deshizo lentamente el camino hacia la orilla, sin pausa, como si de pronto se hubiera convertido en un ser anfibio dotado de branquias. Una vez en tierra firme, me depositó en el suelo como quien deja un paquete ligero. No parecía afectado, o por lo menos intentaba que no se le notase. Para recompensarlo, le regalé una bolsita de cuero que enseguida se colgó del cuello. La mirada de Ndiak ya no era risueña ni pestañeaba; parecía atónito. Yo estaba tan orgulloso del pequeño efecto sobre mi joven amigo como de tener la planta.

89

A pesar de que aún no estábamos lejos de Saint-Louis, tras dos días de marcha, nos pusimos a cazar aves acuáticas. Yo abatí algunas becadas, cercetas y patitas, aves que, al igual que las golondrinas de Europa, vienen a anidar en esta parte de África huyendo del invierno. Por la noche las hicimos asar y compartimos también con nuestro grupo unos frutos silvestres que habíamos recogido por el camino. Yo tenía predilección por los *ditakh*, unos frutillos de forma redondeada cuya cáscara, del color de la nogalina, un poco más dura que el cascarón de un huevo pasado por agua, esconde una carne harinosa de un verde chillón contenida por unas entretelas de fibras blancas alrededor de un hueso. Este último desprende al chuparlo un jugo de gusto dulzón y ligeramente acidulado. Dicho fruto, desconocido en Europa, además de alimentarme, me saciaba la sed, de modo que lo consumí mucho a lo largo de nuestro periplo. A veces, todavía hoy, acude a mí el sabor de los *ditakh* cuando rememoro mi viaje secreto a Senegal.

No nos obligamos a un paso más regular hasta Ndiébène, primera aldea de la Grande-Côte, perteneciente antaño al rey de Cayor.

Por las noches, cuando no nos deteníamos en una aldea, nuestros porteadores instalaban un campamento bien vigilado por nuestros seis guerreros, todos waalo-waalo como Ndiak. Y es que nuestra ruta era bella y fascinante para mis investigaciones de naturalista, pero también peligrosa. Lo comprendimos enseguida al comprobar el espanto de los campesinos, que corrían a refugiarse entre la maleza al acercarnos. Al vernos armados con fusiles, pensaban que éramos cazadores de esclavos y que practicábamos el *moyäl*, la razia, como los guerreros mercenarios del rey de Cayor o los de su vecino más oriental, el reino de Wólof. Pocos eran los campesinos que nos ofrecían hospitalidad. El estado de guerra perpetua en que se hallaba en aquella época este reino provocaba hambrunas en tierras donde crecen fácilmente cereales nutritivos como el mijo o el sorgo. Pero la locura de los reyes de esta región, como la de todos los soberanos del mundo, no les hacía perder de vista que les interesaba alimentar a sus pueblos, aunque solo fuese para continuar reinando sobre seres vivos. Como Ndiak me dijo sentenciosamente al respecto, pestañeando y con el índice de la mano derecha en alto:

–Los muertos no tienen buen aspecto, no son útiles ni tampoco pagan impuestos. Por lo tanto, no tienen ningún interés para los reyes.

Algunas aldeas estaban dispensadas de razias. Mejor protegidas que otras, más prósperas, aseguraban su supervivencia y la de los caseríos menos poblados de su circunscripción cultivando una red de tierras donde no reinaba el hambre. Fue en una de estas aldehuelas más o menos inmunes al pillaje donde me sucedió una aventura que alegró a Ndiak por primera vez en el viaje.

Habíamos dejado el campamento de la víspera al amanecer, no lejos de un caserío llamado Tiari, y queríamos llegar antes del mediodía a la aldea de Lompoul, situada al sur de una estrecha franja de desierto que parecía extraída del Sahara. Las mismas dunas de arena blanca o rojiza según la fuerza del viento y la posición del sol en el cielo, el mismo miedo a perderse y morir de sed por más que su extensión no pasase de dos o tres leguas desde las orillas del Atlántico hasta sus confines más al este.

El tiempo apremiaba. A partir de la mitad de la jornada, el calor aumentaría hasta alcanzar niveles extraordinarios temidos incluso por los propios negros. Se trataba de conseguir llegar a toda costa a la aldea de Lompoul antes de la hora en que, como decía Ndiak, «el sol se come las sombras», es decir, que se encuentra en la vertical de toda existencia y la quema sin piedad.

–En el principio éramos blancos –añadió Ndiak–. Fue por culpa de este sol en la vertical del mundo por lo que nos volvimos negros. Un día de extrema canícula, la sombra, ahuyentada por el sol, se arrojó sobre nuestras pieles, que era su único refugio.

A las dos horas, martilleada por una lluvia de luz ardiente, la arena de las dunas sobre la que caminábamos penosamente se puso a hervir. Hundía los pies en aquel mar de fuego donde mis zapatos se lastraban de peso muerto, tan pesado como el que los suicidas se atan a los tobillos para no subir a la superficie de la vida. A juzgar por el rostro de Ndiak, cuya tez empezaba a adquirir reflejos rojizos, el mío debía de estar escarlata. Sin embargo, esa vez Ndiak sufría tanto a pesar de su piel oscura, que supuestamente debía protegerlo de los rayos del sol, que ni le apetecía burlarse de mí. Me notaba las mejillas ardiendo bajo el sombrero. El sudor que me chorreaba por el cuello se me secaba en la espalda antes de llegar a la parte inferior de la camisa. Por más que fuese de algodón ligero, me levanté el redingote, porque no soportaba más su peso sobre los hombros. Pero me lo volví a poner enseguida porque me pareció que una capa de tejido suplementaria me protegería mejor de las llamas que nos caían directas desde el cielo. Nos moríamos de sed sin dejar de beber. Conservada en odres de cuero, el agua entibiada no bastaba para refrescarnos. Creí encontrar un recurso en un *ditakh* del que sorbí la carne harinosa mezclándola con mi saliva. Pero cada vez que entreabría la boca tragaba bocanadas de aire caliente y seco que me secaban la lengua y me incendiaban el fondo de la garganta.

Cuando llegamos a Lompoul, conservábamos una pequeña sombra pegada fielmente a los pies. El sol aún no había derramado sobre nuestras cabezas todas sus reservas de calor. Nos precipitamos hacia los pozos. El jefe de la aldea, a quien apenas habíamos saludado, ordenó a su gente que nos ayudase a sacar agua fresca. Habituado a tales llegadas febriles a la salida del desierto vecino, el anciano nos guió hacia la sombra de un toldo de paja lo bastante grande para todos nosotros y todos los curiosos de la aldea. El frescor que aquel lugar ofrecía nos pareció tan intenso que casi temblábamos de frío, invadidos por la oleada de sudor que exudaba nuestra piel por haber bebido una gran cantidad de agua. Como no me había quitado el sombrero para saludar al jefe de Lompoul, una vez a la sombra, lo levanté sobre los ojos de la concurrencia. Quedaron a la vista mi pelo empapado en sudor y la frente tiznada con una línea negra del tinte de mi tocado. Ndiak, que me guardaba rencor por todos los sufrimientos de resultas de aquel viaje por un horno, estalló de pronto en una carcajada al verme la cabeza descubierta:

–Adanson, llevas tu parte de sombra en medio de la frente. Si nuestro camino por el desierto de Lompoul hubiese sido más largo, habrías acabado tan negro como nosotros.

Toda la concurrencia se echó a reír y yo me sumé para no caer más en el ridículo. Ndiak no sabía hasta qué punto acertaba atribuyéndome una parte de sombra. Si la que me había dado el tinte del sombrero no fuese superficial, se diría que me había infectado la sangre de una melancolía que en realidad nunca me ha abandonado desde aquel desgraciado viaje. Pero yo aún no lo sospechaba, y, para agradecer a nuestros anfitriones su buen recibimiento –nos habían ofrecido también cuscús de mijo rociado con leche de camella–, decidí soltarme teatralmente la melena, que llevaba por entonces muy larga, ante las miradas curiosas.

Sabiéndome observado como el representante de una raza poco frecuentada por los negros de aquella región, sentado con las piernas cruzadas sobre una estera, rodeado de mi público, desaté despacio la bolsa de cuero que aprisionaba mi cabellera sobre el cogote y sacudí la cabeza para extenderla sobre mis hombros. Con la cabeza gacha, observé a través del pelo a los niños que tenía enfrente. Los más pequeños, que veían en mí a una criatura inquietante, parecían, sin embargo, tentados de acercárseme. Un chiquillo valiente, no mayor de un año, se escapó de pronto de los brazos de su hermana mayor, que gritó angustiada sin atreverse a perseguirlo. Desnudo como vino al mundo, con un grisgrís de cuero colgado del cuello, el pequeño, tras una decena de pasos tambaleantes, se agarró a mi pelo para no caerse al final de su carrera. Si hay una nación que experimente predilección por los niños, esa es sin duda la de los negros de Senegal. Así pues, me gané el corazón de todos los aldeanos cuando, tras haber abierto con cuidado los puñitos del bebé, enganchados a dos grandes mechones de mi pelo, me erguí para echar mi abundante cabellera hacia atrás. En el mismo movimiento, senté al niño delante de mí y le cogí de repente la mano derecha con la mía para desgranar las preguntas de rigor que se dirigen dos adultos negros cuando se conocen. Parodié los saludos para hacer reír a los asistentes.

–¿Cuál es tu apellido? ¿Hay algo que te preocupe? ¿Vives en paz? Espero que la paz reine en tu casa. Gracias a Dios, yo me encuentro bien. ¿Cómo está tu padre? ¿Cómo está tu madre? ¿Y cómo están tus hijos? Y tu hermana mayor, que chillaba de terror cuando te has escapado de entre sus brazos para venir a tocarme el pelo, ¿se ha recuperado?

No tengo vis cómica, pero me presté al juego sobre todo porque el chiquillo, que me observaba y que aún no sabía hablar, balbucía algunas sílabas en un tono idéntico al mío, como si pretendiese responder de buena fe a todas mis preguntas.

Mi pequeño interlocutor y yo habíamos hecho reír a carcajadas al público que nos rodeaba. Y las miradas de afecto y de amistad de los aldeanos sobre mí durante nuestra breve estancia en la aldea de Lompoul me demostraron una vez más que el pueblo de los negros de Senegal no es salvaje ni sanguinario, sino francamente bondadoso.

Hoy, mientras escribo ya viejo estas líneas a ti dirigidas, Aglaé, me da un vuelco el corazón ante la idea de que a aquel niño cuyo nombre me viene de pronto a la cabeza, Makhou, quizá se lo llevaran durante el período de estragos que se abatió sobre la zona de la aldea de Lompoul después de mi viaje a Senegal. ¿Qué le habrán contado de mí, el primer *toubab* al que conoció? Sus padres, su hermana mayor, ¿tuvieron tiempo de contarle nuestra estrambótica conversación? ¿Sigue aún entre los suyos en la aldea de Lompoul o ha acabado como esclavo en las Américas? ¿Tiene niños a los que se complace en contar, con una sonrisa en los labios, la historia de nuestro encuentro o se dice, atado con una cadena y maldiciendo a mi raza, que prefiguré la ruina de su vida?

Con la perspectiva del tiempo, mi querida Aglaé, las alegrías y los pesares de nuestra existencia se entremezclan hasta adquirir ese sabor agridulce que debió de ser el de la fruta prohibida del jardín del Edén.

XV

Al salir de la aldea de Lompoul, no nos dirigimos hacia el sur, como deberíamos haber hecho para llegar con mayor rapidez a Cabo Verde, sino que tomamos un camino más al este. Cuando le conté a Ndiak que íbamos a Meckhé, la segunda plaza fuerte del reino de Cayor después de Mboul, le cambió el semblante y no me dijo nada. Le pregunté con insistencia y al final me confesó que yendo a Meckhé les estaba haciendo correr, tanto a él como al resto de nuestra escolta, riesgos insensatos. ¿Acaso había olvidado que él era uno de los hijos del rey de Waalo? ¿Acaso ignoraba que su padre, Ndiak Aram Bocar, había librado con el rey de Cayor una batalla en la que numerosos guerreros habían encontrado la muerte? Yo sabía, en efecto, que el rey de Cayor había perdido en la batalla de Ndob, justo antes de mi llegada a Senegal en 1749, el pueblecito costero de Ndiébène, no muy lejos del fuerte de la isla de Saint-Louis. Sin embargo, a pesar de la inquietud legítima de Ndiak, tenía que cumplir mi promesa al director de la Compañía de Senegal de recabar información sobre Meckhé, su situación exacta, el número de habitantes, el tamaño de la corte y del ejército del rey de Cayor. A cambio de esto había obtenido el permiso para volver a Cabo Verde por un motivo que no podía revelarle a De la Brüe, encontrar a la aparecida y descubrir su historia. Ndiak se vio, por tanto, en la incómoda situación del timador timado. Me molestaba ocultárselo, pero no tenía otra opción para protegerlo que dejarlo en la ignorancia en lo tocante a mi trato con el director de la Compañía.

Tuvimos la suerte de que tras la batalla de Ndob, en la que había sido derrotado, el antiguo rey de Cayor había sido derrocado. Una asamblea de siete sabios reunidos en Mboul había elegido rey en su lugar a Mam Bathio Samb. Pero, en realidad, Mam Bathio Samb no debía su nombramiento a esta votación. Él había sido impuesto, bajo mano, como *damel* de Cayor por el rey de Waalo, el padre de Ndiak. Este último lo ignoraba, al igual que yo. Lo descubriríamos juntos en Meckhé, algo que redujo de golpe nuestra inquietud sobre la suerte que nos podía estar reservada.

A nuestra llegada a Meckhé, después de dos días de caminata continuada, el nerviosismo era mayúsculo. Creíamos adivinar que los soldados del rey nos habían dejado pasar por la ruta de Meckhé, yo, el blanco que debería inspirar desconfianza, incluido, porque pensaban que íbamos a la boda del rey Mam Bathio Samb.

Comprendiendo rápidamente que nos interesaba fingir que nos habíamos desviado de nuestra ruta hacia Cabo Verde para asistir a su boda, en la entrada norte de la aldea se ocupó de nosotros un jefe de distrito que nos asignó nuestro lugar de residencia. Era una parcela de cinco casas rodeadas por una empalizada de la altura de un hombre donde el jefe mandó que nos trajeran unos cuencos de agua fresca y algo con lo que recuperarnos. No me sorprendió aquella hospitalidad que llamaban *téranga* y que es una virtud muy extendida entre los negros de Senegal. Pero era posible que todas aquellas atenciones indicasen que el jefe de distrito nos esperaba. Los espías del rey debían de haberle advertido hacía mucho de la intención de mi escolta y yo, el *toubab*, de presentarnos en Meckhé. Tuve la certeza de ello cuando, al terminar de refrescarnos, un hombre de hermosa prestancia, seguido de dos guerreros armados con largos fusiles de bucaneros, entró en el patio de nuestra parcela.

A diferencia del jefe de distrito, aquel hombre, que llevaba una toca roja con una forma parecida a nuestros gorros frigios, no se descubrió en mi presencia para darme a entender que no estaba por debajo de mí. Yo también seguí con el sombrero puesto, que había sufrido mucho durante nuestra travesía por el pequeño desierto de Lompoul, y le rogué con toda cortesía que se sentase en una gran estera que había hecho desenrollar sobre la fina arena de nuestro patio. Al contrario que Baba Seck, el jefe de la aldea de Sor, que, por más que nos hubiésemos hecho amigos, solo se sentaba en un lado de la estera que compartíamos por ser yo francés, este hombre se sentó frente a mí y, mirándome fijamente, me soltó el siguiente discurso, que aún recuerdo de tanto que me impactó:

–Me llamo Malaye Dieng. En nombre de nuestro rey, Mam Bathio Samb, te doy las gracias, Michel Adanson, por haber acompañado a Ndiak, el hijo del rey de Waalo, nuestro aliado Ndiak Aram Bocar, hasta Meckhé para asistir a su boda.

Estupefacto, balbucí algunas palabras de gratitud dirigidas a todos en nuestro nombre, imaginándome al joven Ndiak detrás de mí aguantándose la risa. De modo que no era él quien estaba a mi servicio, sino yo al suyo. En una sola frase me convertí en el equivalente al cortesano que tenía delante; no era sino un miembro más de la escolta del pequeño príncipe Ndiak. Me pregunté enseguida cómo conocía nuestra identidad el enviado del rey de Cayor. ¿Sabían quiénes éramos desde que salimos de Saint-Louis convencidos de que mantendríamos el anonimato de Ndiak durante todo el viaje?

Malaye Dieng se despidió, invitándonos, en nombre del rey de Cayor, a asistir a una parte de los festejos a la mañana siguiente; volvería a recogernos después de la segunda plegaria del día. Una vez que volví a acompañarlo a la puerta de nuestra parcela, como impone la cortesía del país, y que me hubo dicho adiós a su vez, regresé al patio, donde descubrí a Ndiak sentado con las piernas cruzadas en el centro de la estera. Pestañeando sin cesar para mantener la compostura, bien erguido. Mirándome con desprecio desde la altura de sus quince años, hacía de rey. Decidí hacerle perder su compostura real sentándome modestamente en un extremo de la estera mientras me quitaba el sombrero, obsequioso. Esto bastó para

100

que los miembros de nuestra escolta, tanto los soldados como los porteadores, estallasen en risotadas. Por primera y última vez en nuestro viaje, Ndiak lloró de risa.

El rey de Cayor, muchas veces casado ya anteriormente, contraía matrimonio con una laobé para, decían, obtener los poderes secretos que ostentaban los principales miembros de la casta de su nueva esposa sobre los árboles y los animales de la sabana. A diferencia de nuestros reyes y emperadores de Europa, los reyes de Senegal no temen los malos casamientos. Así, aunque la nobleza del país tiene prohibido casarse para apropiarse de parte de los poderes ocultos de la casta de su esposa, un rey sí que puede.

—Los laobés son los labradores de la sabana —me explicó Ndiak—. Son ellos los que permiten que los reinos extiendan sus terrenos cultivables. Saben las oraciones que hay que recitar antes de cortar los árboles, además de todas las precauciones que hay que tomar para alejar a los genios de las aldeas atrapados en la maleza. Sin los laobés, los reyes no podrían encontrar nuevas tierras que repartir entre sus cortesanos y soldados.

Yo todavía era joven y, aunque no me molestaba casi nunca en dar mi opinión, me costó aguantarme las ganas de replicar a Ndiak que aquella ocurrencia del poder de los hombres sobre supuestas fuerzas ocultas no era más que una burda superstición. Pero, ahora que me he hecho viejo, veo en estas creencias uno de los maravillosos subterfugios encontrados por ciertas naciones del mundo para limitar el saqueo de la naturaleza por parte de los hombres. Pese a mi cartesianismo, mi fe en la omnipotencia de la razón, tal como la han celebrado los filósofos con los que he compartido ideales, me gusta imaginar que las mujeres y los hombres de esta tierra saben hablar con los árboles y les piden perdón antes de talarlos. Los árboles están bien vivos, como nosotros, y, si es verdad que hemos de ser amos y señores de la naturaleza, deberíamos mostrar algunos escrúpulos a la hora de explotarla sin miramientos. De modo que, ahora que tengo mucha más experiencia en materia de la vida y que incluso estoy a punto de abandonarla, ya no me parece absurdo que la representación del mundo de hombres de una raza distinta a la mía tienda a manifestar respeto por la vida de los árboles.

De los bosques de ébanos que ocupaban las sesenta leguas de costa que separan la península de Cabo Verde de la isla de Saint-Louis ya solo quedan unos pocos especímenes. Los talaron en masa los europeos durante los dos siglos anteriores a mi viaje a Senegal y pasaron a decorar las marqueterías de nuestros escritorios, nuestros gabinetes de curiosidades, las teclas de nuestros clavecines. Se muestran o se esconden en los coros de nuestras catedrales, en los detalles esculpidos de incontables cajas de órgano, de sillas del coro, púlpitos y confesionarios. Poseído por una tentación de animismo, pensé un día, ante los paneles de oscurísimo negro del retablo de un altar, que si por cada árbol cortado hubieran sido necesarias las plegarias paganas de un sabio laobé, tal vez el gran bosque de ébanos aún no habría desaparecido de Senegal.

Entonces, arrodillado en la penumbra de la iglesia, rodeado de sus cadáveres barnizados y tachonados, me puse a rezar a los ébanos para que les perdonasen sus pecados a quienes los habían troceado, talado y transportado bajo otro cielo, muy lejos de su madre África.

XVI

Meckhé era una aldea fortificada rodeada de altas empalizadas que cercaban una gran cantidad de casas. También ahí, pero sin duda con el consentimiento de los laobés, la naturaleza se había visto obligada a pagar a los seres humanos un tributo sustancial en forma de madera. Ndiak me había explicado que era un jefe de la guerra, el Farba Kaba, quien había incitado a todos sus enemigos a levantar empalizadas de árboles espinosos para proteger ciertas aldeas del *möyal*. Me había precisado también que las reuniones de los consejos reales para emprender una guerra o una razia, los *lël*, se celebraban generalmente en las aldeas guerreras como Meckhé.

Había que dar por hecho que estábamos siendo vigilados, porque, si bien en todas las aldeas que habíamos atravesado hasta entonces la blancura de mi piel era una atracción, nadie, ni siquiera los niños, se escondía tras las empalizadas de nuestra parcela para espiarnos. Y, tras la partida de Malaye Dieng, por

105

mucho que me dirigiese a la gente que me encontraba por el camino al mercado, adonde había querido ir, no sacaba gran cosa en claro. A las preguntas generales que planteaba sobre cada cuánto había mercado, sobre el número de habitantes de Meckhé, no recibía en respuesta más que sonrisas corteses y palabras evasivas. Temiendo dar pie a pensar que realmente fuese un espía, acabé conformándome con evaluar por mi cuenta la población y el tamaño de Meckhé.

Libre de deambular a mi antojo, calculé que había poco más de doscientos fuegos, algo que hacía pensar que la población ascendía, a lo sumo, a mil ochocientas almas, es decir, algo más de la mitad de la población de la isla de Saint-Louis. Cada barrio de aquella plaza fuerte parecía contar con un pozo, de modo que Meckhé podía soportar un asedio de varias semanas sin quedarse privado de agua. En la gran plaza central del enorme burgo, el grandioso mercado rebosaba de frutas, legumbres, cereales, especias, pescado seco y carne de caza o de res. Ya me había parecido que los caseríos de las cercanías padecían un principio de hambruna, y ahora comprendí que todos los recursos de la región del reino de Cayor se canalizaban hacia Meckhé. Ignoraba si esta información podía serle de utilidad a Estoupan de la Brüe. Me prometí dársela, pero, como leerás en mis próximos cuadernos, Aglaé, el director de la Compañía nunca me pidió que le redactase un informe sobre mi último viaje a Cabo Verde.

XVII

A la mañana siguiente, tras la segunda plegaria del día, tal como nos había anunciado, el mensajero Malaye Dieng vino a recogernos. Nos vestimos de la manera más adecuada posible para rendir honores al rey de Cayor. Yo me había cambiado de ropa y llevaba un calzón color crema a juego con mi redingote. Había dejado mi calzado destrozado por el calor del desierto de Lompoul para calzarme unos zapatos de zalea a los que había hecho lustrar las hebillas. Llevaba el pelo recogido con una cinta de terciopelo negro, del mismo color que el tricornio, que, como toda mi ropa limpia, procedía de un baúl que llevaba uno de mis porteadores. Ndiak, que también tenía un baulito de ropajes de recambio, se había enfundado un pantalón ancho de algodón amarillo. También una enorme camisa teñida de añil con el cuello bordado de oro, abierta a los lados y ceñida en la cintura por una gran faja de tela del mismo color que el pantalón. Se había calzado unas botas puntiagudas de cuero amarillo que le llegaban hasta media pierna, algo que para él era una forma de demostrar que era buen caballero y de sangre noble. A modo de tocado ostentaba, atado por debajo de la barbilla, el mismo gorro frigio amarillo de algodón que llevaba el enviado del rey de Cayor, pero de color amarillo oscuro y adornado con más cauris, pequeñas conchas que podían servir de moneda entre los negros.

Orgulloso de ser el invitado de honor del rey por encima de mí, Ndiak caminaba todo lo lento que podía por delante de nosotros, volviendo la cabeza a derecha e izquierda, con la nariz en alto y los ojos entornados. En cuanto a mí, en el dédalo de calles estrechas y arenosas de Meckhé, continuaba mi recuento de pozos. Por el camino que habíamos emprendido había tres, y los alrededores estaban desiertos, a diferencia de los que había observado la víspera.

Mucho antes de llegar a la puerta sur de la aldea, por la que desembocamos en una gran planicie cuadrada con los lados delimitados por varios centenares de aldeanos, de pie y apretujados, habíamos empezado a oír el retumbar continuo de catorce *sabar*, unos tambores de diversos tamaños. El estruendo me dejó medio atontado cuando pasé cerca para alcanzar el otro lado de la plaza, frente a la puerta que acabábamos de franquear, hasta el enorme baldaquino real bajo el cual el mensajero nos indicó que nos sentásemos, no muy por detrás de los dos tronos de madera esculpida.

El sonido de aquellos tambores era tan potente que tuve la sensación, estando tan cerca, de que se me ponían del revés las entrañas y que el ritmo de mi corazón se veía obligado a acompasarse al de aquel son. Si un tercio de los tambores emitían un sonido grave y profundo mientras los otros dos tercios los respondían con un tono más ligero, el del director de la orquesta, que me pareció el músico de mayor edad, producía una especie de crepitar de lluvia torrencial. Este percusionista, que llevaba una camisa azul y blanca abierta por los lados a la moda de la región, no era imponente, pero maltrataba la piel de su instrumento con una destreza tan enérgica que parecía que el sonido emitido por su *sabar* destacase por encima del resto sin dejar de apoyarse en ellos, como un anciano posa de vez en cuando su bastón en el suelo para no caerse. La granizada de su tambor estallaba de repente, entrecortada por silencios antes de reanudar una carrera loca y titubeante.

Además de los catorce tambores, dos muchachos corrían en todas direcciones para divertir al público. Llevaban en bandolera, metidos bajo la axila izquierda, unos *tamas* que golpeaban ya con la mano izquierda girando la muñeca, ya con un palito de madera en ángulo recto. El sonido producido podía modularse de más grave a más agudo según la presión que ejercían con el interior del bíceps izquierdo contra las cuerdas que tensaban o destensaban la piel, que martirizaban con golpes secos. Debían de ser una especie de bufones reales, porque exhibían una sonrisa beata con el mentón clavado en el cuello y tenían siempre una de las dos piernas en el aire, tocando con el brazo izquierdo como un ala atrofiada. Parecía que imitaban a esas grandes aves pescadoras de las márgenes del río Senegal que, cuando tienen sueño y descansan sobre una de sus dos delgadas patas, con la cabeza escondida bajo un ala, despliegan de golpe la otra para no perder el equilibrio.

Nos instalaron, a Ndiak y a mí, entre los primeros notables del reino, y al resto de nuestra comitiva la guiaron hasta más atrás, en los laterales del baldaquino real. Mientras nos abríamos paso entre los dignatarios sentados en el suelo, notaba el peso de sus miradas sobre mí. Apenas respondían a nuestros saludos, desviaban la mirada para que no se pudiese decir que nos observaban.

En cuanto nos hubimos sentado en unas hermosas esteras de junco que desprendían un agradable olor a caña cortada, los catorce tambores se callaron. Anunciado por su *griot* que vociferaba alabanzas a pleno pulmón, el rey avanzó al paso lento de su caballo. Hombre y montura iban protegidos del sol por una sombrilla de algodón rojo con rayas doradas cuyo largo mango sostenía con el brazo estirado un sirviente vestido todo de blanco.

El rey, de gran estatura, vestía una túnica de algodón azul cielo, abierta por los lados, de tejido tan almidonado que daba la impresión de ser rígido y brillante como una armadura. Una banda de seda amarilla adornada con borlas doradas le ceñía la cintura, y se podían ver, encajadas en los largos estribos, sus altas botas de cuero amarillo acabadas en punta, como las sandalias marroquíes. Se tocaba con un gorro de fieltro rojo sangre coronado también con una borla dorada que destellaba como una estrella sobre el hombro derecho cuando la tocaba un rayo de sol.

El caballo que montaba el rey era un berberisco de Senegal con un capote gris aborregado que hacía destacar, por contraste, la silla de cuero rojo oscuro y las riendas del mismo color que sostenía en la mano derecha. Un gran grisgrís de cuero rojo idéntico a la silla y a las riendas cruzaba el torso del animal, tapando en parte la cicatriz de una herida, un largo bulto de carne rosa, que había recibido en la guerra. Unos pompones de lana amarillos y azul noche le adornaban la testuz. No llevaba orejeras. El rey le acariciaba de vez en cuando el cuello con la mano izquierda.

La novia venía detrás, también a caballo. Llevaba la cabeza y los hombros tapados con una tela blanca ricamente ornada de piezas de oro. Según me explicó Ndiak, cuando el rey había llegado a la parcela donde lo esperaba su futura esposa, había tenido que localizarla entre varias muchachas con la cabeza cubierta con una tela. Sin duda, como la tradición afirmaba que la pareja sería feliz si el novio la identificaba sin error, la novia había escogido la tela más rica, que aún le cubría la cabeza, para distinguirse del resto a fin de facilitarle la tarea.

El caballo de la novia llevaba el mismo capote gris aborregado e idénticos arreos que el del rey. Pero sus riendas las sostenía una mujer imponente, vestida con una toga de algodón blanco, la cintura ceñida con el mismo tejido, y que debía de ser la tía de mayor edad de la novia.

Una vez que la pareja real se hubo instalado bajo el baldaquino, los catorce tambores reanudaron su son. Ndiak y yo veíamos al rey y a la reina de espaldas. Estaban tan erguidos como podían en unos asientos bajos que me parecieron, desde donde estaba, incómodos pero hermosos. Los detalles de aquellos tronitos esculpidos ya no los recuerdo, pero sé que estaban particularmente trabajados, en honor a la novia, por los artesanos laobés, famosos por ser grandes expertos en madera. La nueva esposa del rey se llamaba Adjaratou Fam, y el rey Mam Bathio Samb la desposaba para convertirse en el primero de su casta. Malaw Fam era el padre de la novia y tenía reputación de dominar tan profundamente los secretos de la madera que podía esculpir estatuillas que caminaban solas, en las noches sin luna, para ir a cometer los asesinatos que él ordenaba.

Yo no creía en aquellas bobadas, pero me revelaron que, allí donde los hombres pretenden conservar el poder, siempre encuentran estratagemas para inspirar un temor sagrado a sus inferiores. Asociado a su supremacía, el terror que inspiran es proporcional a su miedo a perder poder. Cuanto más grande es este, más terrible es el miedo. El lugar de Malaw Fam debía ser envidiable para que lo rodeasen misterios tan mortíferos. Y debía de ser un hombre bien hábil, dado que, por mucho que la nobleza de la región menospreciase a su casta, el propio rey de Cayor no había dudado en desposar a su hija para convertirlo en su aliado.

Los laobés, como me dejaron claro los festejos que se sucedieron, no son solo famosos por su maravillosa labor de carpintería, sino también por su arte de la danza. No he vuelto a ver en mi vida, después de aquellas nupcias, poses más impúdicas que las de los laobés. Siguiendo el ritmo de los tambores, una decena de mujeres formaron fila frente al mismo número de hombres. Saliendo uno tras otro de sus filas respectivas, se forman parejas en medio de la zona de baile. Tras una mímica frenética, pero siempre al compás, del acto del amor durante un tiempo determinado por el director de orquesta, cada cual vuelve a su fila. Y este bello espectáculo acaba cuando, en un movimiento simultáneo, ambos grupos de bailarines se acercan de nuevo, casi muslo contra muslo, hasta el punto de que aquel día me pareció ver una mezcla de brazos y piernas al aire en una nube de polvo ocre.

Igual que los mimos que a menudo he podido ver en la Feria de Saint-Germain de París, que fingen caerse, recibir bastonazos y otras farsas, pero de una manera tan exagerada que al público le parece grotesca; reflexioné, al ver a los laobés imitar el acto del amor en su frenética danza, que podía ser una buena manera de divertir al respetable. Pero debo confesar que, al no estar acostumbrado a este tipo de espectáculos, no tuvo sino un efecto cómico en mi joven persona. En aquella danza, llamada *leumbeul*, el contoneo de las mujeres laobés se acompasa de tal manera con el ritmo de los tambores que uno acaba por decirse que los auténticos directores de orquesta de este espectáculo diabólico son sus traseros. Confieso que me emocionó la visión de todas aquellas venus calipigias bailando como bacantes.

Si los laobés de su nueva esposa habían tomado la iniciativa al comienzo de los festejos, le llegó ahora el turno al rey de Cayor, que ordenó que hiciesen bailar a sus caballos. Al principio no entendí por qué un grupo de unos diez jinetes se acercaba poco a poco a los tambores. Todos iban vestidos fastuosamente y me pareció que habían elegido a juego el color de sus ropajes con el de las telas de sus sillas, que les tapaban las piernas y flotaban sobre los flancos de sus monturas. Por regla general amarillas sol, azules añil u ocres, esas telas compartidas entre el caballero y su caballo me dieron la impresión, por una especie de ilusión óptica, sin duda amplificada por el estallido cegador del sol sobre la arena, que estaba viendo centauros, esos seres fabulosos de la Antigüedad, mitad hombres, mitad caballos. Este malentendido aumentó cuando los jinetes se pusieron a bailar uno tras otro a pocos pasos del rey y de su nueva esposa.

Donde estábamos sentados Ndiak y yo, los altos tocados del rey y de la reina nos tapaban la vista intermitentemente. Y me parecía que los bustos de los jinetes sustituían a las cabezas de sus monturas y que sus piernas disimuladas por las telas se volvían claramente patas de caballo. Los jinetes, con el brazo hacia el cielo, se las ingeniaban tan bien en ocultar cómo guiaban a sus animales que yo habría jurado que lo que teníamos delante eran unos gigantes sonrientes haciendo volar la arena al ritmo de sus cascos. Cuando los diez caballos comenzaron a bailar al unísono, los agudos chillidos de la multitud fueron tan potentes que casi lograron tapar el estruendo de los catorce

114

tamborileros que martirizaban la piel de sus instrumentos sin dar señales de cansancio pese al calor del sol que desde hacía horas nos embargaba.

A una seña invisible del rey a su chambelán, cesó todo ruido de golpe. Y, en el silencio que siguió a la gran algarabía de la danza descontrolada de los caballos, el retumbar de los tambores continuaba resonando tan fuerte en mi cabeza que tenía la sensación de que mis vecinos podían oírlo a través de mis orejas. Pero sin duda no eran más que los latidos de mi corazón, que, al haberse ajustado al ritmo inmutable de los tambores más graves de aquellos catorce, prolongaban su retumbar en mi mente. Todavía hoy me pasa alguna vez, al oírme el corazón en el silencio de una noche de insomnio, que creo oír el ritmo terco de los tambores de Meckhé en honor del rey de Cayor y de su nueva esposa Adjaratou Fam.

El rey y su última reina volvieron a montar en sus caballos de color gris aborregado. Precedidos por sus *griots*, que se habían puesto a clamar de nuevo sus panegíricos, llegaron a su palacio escondido en un dédalo de callejuelas, solo conocido por su guardia personal. En cuanto desaparecieron tras la puerta sur del poblado por donde habían llegado al comienzo de la ceremonia, la gran plaza se entregó al sacrificio colosal de veintiún toros blancos, negros y rojos según largos y complicados rituales que yo no entendí. Hasta que cayó la noche no pude ver, colgados sobre grandes hogueras rojizas cavadas en la arena, la misma donde pocas horas antes habían bailado bajo el sol mujeres, hombres y caballos, grandes pedazos de

115

carne para asar. Ensartados en espetos sostenidos en los extremos por largas estacas nudosas, goteaban grasa que reavivaba las llamas.

Más tarde, hartos de carne a la parrilla cortada y servida en calabazas y saciada nuestra sed por pintas de vino de palma igualmente servidas por los esclavos del rey, volvimos a nuestra parcela. Detrás de nosotros, las últimas nubes de humo aromático de la grasa de los animales sacrificados se elevaban en el cielo de la sabana. Y toda la noche estuvimos oyendo a las hienas, las leonas y las panteras más allá de las fortificaciones del poblado, disputándose las carcasas de los veintiún toros con los que el rey había gratificado a sus dos pueblos, primero al de los seres humanos y luego al de los seres de la sabana que los laobés le habían ofrecido como regalo de bodas.

XVIII

Al día siguiente, el rey de Cayor, para agradecerle a Ndiak, el hijo del rey de Waalo, que hubiese honrado su matrimonio con su presencia y agradecerme a mí que lo hubiese escoltado, nos hizo entregar a cada uno, de manos de su mensajero Malaye Dieng, un potro bereber de Senegal color bayo oscuro. Estos dos caballos, que debían de ser hermanos, porque llevaban la misma mancha blanca en forma de media luna entre los ojos, nos los regalaron equipados con sus sillas. Pero la de Ndiak me intrigó. Era muy diferente de la mía, que se parecía a todas las que había entrevisto la víspera, de cuero rojo, o amarillo oscuro, con incrustaciones de arabescos florales plateados, de estilo morisco. No hice ningún comentario y dejé el examen para más tarde.

Después de haberle dado las gracias efusivamente a Malaye Dieng, Ndiak le entregó nuestro regalo. Con la esperanza de alejar así cualquier sospecha de ser un espía de la Compañía de Senegal y a pesar de su relativa modestia, le había propuesto a Ndiak regalarle al rey uno de los dos relojes que había comprado, justo antes de partir hacia África, en Caron, el relojero más célebre de París. Fue Ndiak quien le tendió a su enviado el más elaborado de los dos contándole, tal y como yo le había explicado, que el rey de Francia y sus hermanas tenían unos idénticos. Malaye Dieng se despidió de nosotros una vez que Ndiak le hubo enseñado el funcionamiento de aquel reloj, cuyo nuevo mecanismo de precisión había sido un gran éxito en Versalles. Aquel objeto estaba de moda en la corte por aquella época en la que Caron hijo, mucho antes de convertirse en Beaumarchais, no había destacado más que gracias a invenciones imaginadas en el taller de relojería de su padre.

Ndiak tuvo la delicadeza de regalarle de nuestra parte a Malaye Dieng, para agradecerle su buen hacer, un puñal curvado con empuñadura de marfil y su estuche de cuero incrustado de hilos de plata. Lo acompañamos a la puerta de nuestra parcela, donde, según costumbre de los negros, repetimos nuestros agradecimientos y saludos antes de que se marchase definitivamente. En cuanto se dio la vuelta, Ndiak voló hasta nuestros dos caballos, que se erguían tranquilos, atados al tronco de un mango en medio del patio. Aquellos dos caballos eran gemelos, pero, como ya he señalado, sus sillas no eran idénticas, así que hice desmontar la que me llamaba la atención para examinarla a mi gusto pese a las protestas de Ndiak, que quería ponerse a caracolear de inmediato.

Aquella silla tenía un burlete de cuero oscuro

para que el jinete apoyase la espalda y tres cinchas que se cerraban con una hebilla bajo el vientre del animal, características de la sillería inglesa. Aunque no podía estar seguro, intuí que el obsequio de aquella silla inglesa a Ndiak podía comportar un mensaje oculto dirigido a mí y al director de la Compañía de Senegal. ¿Acaso no nos estaba diciendo así el rey de Cayor que, según su antojo o si le convenía, podía tratar lo mismo con los ingleses que con los franceses? Destinado al hijo de un rey aliado tradicional de los franceses, aquel regalo me parecía más elocuente que un largo discurso político. Creí que había llegado el momento de informar a Ndiak de mi trato con De la Brüe para que no se expusiera a los reproches de su padre cuando viese aquella silla inglesa. No quería que pensase que me había estado burlando de él durante todo el viaje. Lo consideraba un amigo.

Fue una vez lejos de Meckhé, en el camino de Keur Damel, aldea efímera en la costa atlántica donde el rey de Cayor iba a veces a tratar con los franceses, y como quedaba bastante claro, también con los ingleses, donde le revelé a Ndiak lo que ocultaba. Él se limitó a reírse y fingió que ya sospechaba que yo colaboraba con la Compañía de Senegal, aunque no fuese empleado suyo. Le pareció natural que Estoupan de la Brüe me pidiese que espiara todos los reinos del norte de Senegal. Y, ya que estábamos haciéndonos confidencias, añadió que él siempre me había espiado para su padre, el rey de Waalo, pero que no me preocupase, podía contar con que me guardaría mis secretos. No se lo contaba todo. Solo detalles.

No supe qué pensar de su franqueza. Ignoraba si bromeaba como de costumbre o si decía en serio que actuaba como espía para su padre. Me parecía extraño que hubiesen encomendado una misión de semejante peso a un muchacho tan joven –no tenía ni doce años cuando De la Brüe me lo trajo–, pero la continuación de nuestro desgraciado viaje me demostró que Ndiak, pese a su juventud y a su malicia, sentía un verdadero apego hacia mí.

De momento estaba tan contento y orgulloso con el caballo ensillado a la inglesa que le había regalado el rey de Cayor que no dejaba de lanzarlo al galope por la carretera que nos conducía a nuestra siguiente etapa para embriagarse con su velocidad. Y cuando la nube de polvo que dejaba tras de sí me hacía pensar que no volveríamos a verlo en mucho rato, nos lo encontrábamos enseguida media legua más adelante, de pie junto al animal, acariciándole el cuello o comprobando las patas y las herraduras, asegurándose de que todo estuviese bien. Después de una tercera parada improvisada en la que lo sorprendimos dándole de beber agua de su propia cantimplora en el hueco de las manos, lo convencí de que si continuaba por aquel camino su caballo acabaría sin duda enfermo.

–O peor aún –añadí–, podrías perder su estima. Un animal hecho para las carreras como el tuyo necesita buenos motivos para galopar. Si no, no respetará tu voluntad cuanto lo necesites realmente. Te detienes tan a menudo para ocuparte de él que corres el peligro de que tome tus caprichos del día por una norma de conducta general. Si sigues así, no podrás reformarlo.

Di en el clavo. Ndiak era tan orgulloso con su rango que decidió que era más útil escucharme para no exponerse un día a quedar mal delante de sus «iguales». Consideraba como «iguales» a la gente, hombres, mujeres y niños, de la familia real a la que pertenecía. Desde muy pequeño, como a algunos de nuestros nobles del Antiguo Régimen, su entorno le había enseñado a no tolerar ninguna afrenta pública sin tratar de repararla sobre la marcha, aunque le costase la vida. Cuando alguien le faltaba al respeto no era solo su honor el que estaba en juego, sino el de toda su familia.

–Tienes razón, Adanson, mi caballo no debe comportarse de manera ridícula, porque ahora pertenece a mi clan. Además, aunque sea un semental, le voy a poner el nombre de la persona a la que más quiero en el mundo. El de mi madre, Mapenda Fall.

–Pues por mi parte –le respondí yo–, mi caballo no llevará el nombre de mi madre.

–¿Es que no la quieres? –me preguntó enseguida Ndiak.

–Sí, pero no quiero tanto a este animal como para regalarle el nombre de mi madre.

–Entonces será un caballo sin nombre –concluyó Ndiak, visiblemente insensible a mi pulla.

Ndiak, tras pronunciar estas últimas palabras en un tono sentencioso, se conformó con dejar que su caballo fuese al paso, muy pegado al mío. Luego, tras unos minutos de silencio, trató de convencerme de que cambiásemos de camino:

121

–Después del reloj que le hemos ofrendado, el mayor regalo que podemos hacerle al rey de Cayor es evitar dirigirnos hacia Pir Gourèye. Es una aldea rebelde donde se refugian todos esos súbditos recalcitrantes cuando les da tiempo. Adanson, ¡nunca hay que dejar que guíe tus pasos el camino que parece más practicable! Las trampas más eficaces son las que nos ponemos nosotros mismos por la pura dicha de abandonarnos a la comodidad del camino que lleva hasta ellas. Además, en la sabana, los depredadores...

Cansado de antemano del rosario de proverbios que Ndiak amenazaba con desgranar, lo interrumpí con el índice derecho en el aire para preguntarle adónde quería llegar. Entonces me contó en pocas frases que la aldea de Pir Gourèye la dirigía un gran morabito que le reprochaba al rey que no siguiera con exactitud las reglas del islam. El rey bebía aguardiente, no respetaba las cinco plegarias cotidianas, tenía muchas más de cuatro esposas, era aficionado a los amuletos, la hechicería y las prácticas con las fuerzas ocultas de la sabana. Lo más grave para los últimos reyes de Cayor, que se habían ido sucediendo hasta Mam Bathio Samb, era que sus súbditos libres, cuando temían ser reducidos a la esclavitud por guerreros de Cayor, tan paganos como su amo, corrían a refugiarse en Pir Gourèye. Allí se volvían *talibés*, discípulos del gran morabito, y a cambio de su protección y sus enseñanzas de los verdaderos preceptos del islam, los campesinos refugiados cultivaban sus campos. Aunque el ejército de aquel hombre santo fuese casi inexistente, inspiraba el suficiente temor al rey de Cayor como para que no atacara la aldea. Fingiéndose mahometano por política, este no tenía otra elección que conservar fría la mente y aparentar, igual que hace un hombre con una espina de *sump*, la datilera del desierto en wólof, clavada en el pie, que se esfuerza en caminar sin cojear por orgullo ante sus «iguales».

–Lo mejor –añadió Ndiak, orgulloso de aquella última comparación del rey de Cayor con un cojo– es evitar ir a Pir Gourèye, donde sin lugar a dudas seremos mal recibidos si saben de dónde venimos. Vayamos más bien hacia el oeste hasta la aldea de Sassing, desde donde podremos llegar a Keur Damel antes de virar hacia el sur rumbo a Ben y Cabo Verde, nuestro destino final. Debemos idear nuestro propio camino. Como dice un proverbio que me estoy inventando sobre la marcha (¡ahí es nada, Adanson!): «Emprender un largo camino ya trazado no honra al hombre de bien, pero abrir uno nuevo sí».

Ndiak no notó la ironía con la que le pregunté de dónde sacaba toda su ciencia. Señalándome el pecho con el índice, me respondió doctamente que la inteligencia no tiene edad.

A pesar de su falta de modestia, su consejo no era malo. Su explicación sobre las complejas relaciones entre el rey de Cayor y el gran morabito de Pir Gourèye encontraría su lugar en el informe que iba a entregarle a Estoupan de la Brüe. No tenía sentido ofender al rey de Cayor, del que Ndiak acababa de enseñarme, por usar sus palabras, la espina clavada que le martirizaba el pie.

Ansioso por tener la última palabra y demostrarle que yo también podía hablar con proverbios si me apetecía, acabé por responderle, tras unos segundos de reflexión, que seguiría su consejo, porque:

—«Los reyes más poderosos se vuelven malvados cuando cometemos la imprudencia de demostrar que no los creemos tan duros como ellos querrían parecer.» Ndiak sonrió y me contestó que tenía razón y, a la vez, no la tenía. Tenía razón por seguir su consejo y la perdía al intentar hablar con proverbios como él, porque yo no dominaba tanto la lengua wólof como para exponerme a decir trivialidades creyendo expresar ideas divinas. Cuando yo había dicho la palabra *poderoso* referida a los reyes, había pretendido hablar de su omnipotencia, de un poder que imaginan tener generalmente sin límite sobre sus súbditos, pero solo había evocado su potencia sexual. Había confundido las palabras. Y Ndiak, mientras me explicaba mi error cabalgando junto a mí, se aguantaba la risa y pestañeaba. No quería herir mi susceptibilidad. Después de todo, por más que yo fuese blanco y plebeyo, había acabado por convencerse de que era su «igual».

En efecto, la víspera de nuestra partida de Meckhé, le había hecho un croquis de mi árbol genealógico, y creo que logré convencerlo de que mi apellido provenía de un antepasado lejano escocés que se instaló en Auvernia y cuyos descendientes se habían diseminado por la Provenza. Ndiak, muy apegado a la memoria de los orígenes familiares, me había preguntado primero quiénes eran los escoceses. Cuando le contesté que era un pueblo guerrero que había luchado siempre contra los ingleses, sus vecinos, y que por eso era natural que un Adanson escocés acabase refugiándose en Auvernia bajo la protección del rey de Francia, me miró con otros ojos. En cierto modo, su visión del mundo había teñido la mía. Al presentar mi apellido bajo una luz bélica, me di cuenta de hasta qué punto la opinión que tenemos de nosotros mismos se debe a las tierras y a las personas que nos rodean. Descubrí también, al contarle mi genealogía a Ndiak, que cuando aprendemos un idioma extranjero nos impregnamos del mismo aliento de otra concepción de la vida que vale tanto como la nuestra.

De modo que acepté el consejo de Ndiak y abandonamos de inmediato la carretera de Pir Gourèye para tomar el camino del oeste. Después de atravesar varios poblados rápidamente abandonados a nuestro paso, al cabo de tres días de marcha desde Meckhé llegamos a la aldea efímera de Keur Damel. Situada a menos de un cuarto de legua de las orillas del océano Atlántico, Keur Damel, que significa en wólof «la casa del rey», era una aldea que aparecía o desaparecía al albur de los desplazamientos del monarca de Cayor y de su guardia personal. El rey iba allí para tratar sin intermediarios con los comerciantes europeos. Era allí, sin duda, donde había comprado la silla inglesa de Ndiak, quizá a cambio de cierto número de esclavos. Al ver aquel lugar donde solo las empalizadas de caña, que el viento del océano había derribado en la arena, hacían sospechar una presencia humana episódica, me eché a temblar.

El aire que barría la aldea fantasma ya no era demasiado fresco, pero yo tenía frío, quizá por contraste con los calores tórridos que habíamos sufrido hasta entonces durante el camino. Me invadió un gran cansancio mientras me subía la fiebre. Una molestia que había empezado a notar en la garganta desde el amanecer aumentó de repente como si se prendiese un matorral seco. Observé a Ndiak a mi lado en el caballo y creo recordar haberle preguntado, con voz ronca, algo que se me había ocurrido al plantarnos allí mirando las empalizadas medio derrumbadas en la arena de Keur Damel. ¿Cuántos linajes de hombres y mujeres se habían evaporado en el horizonte del océano pegado a aquella aldea? Ni siquiera ahora sé si se lo pregunté realmente. Y, si lo hice, he olvidado su respuesta a mi pregunta. Antes de desplomarme del caballo, vuelvo a ver su cara asustada y su mano derecha agarrándome por el hombro en un intento de evitar mi caída.

XIX

Me desperté en plena noche en un lugar indeterminado cuya extrañeza me hizo pensar que era fruto de un delirio provocado por la fiebre. Sabía que estaba tumbado dentro de una cabaña con ese olor particular que tienen todas: una mezcla de aromas florales de paja del tejado, de tierra amalgamada con bosta seca de las paredes y humo acre del hogar. Abrí los ojos a una oscuridad que no lo era. Una nube de luz azulada, traslúcida, casi imperceptible, parecía flotar sobre mi cabeza. Me imaginé en un espacio intermedio entre la inmensidad del universo y nuestra Tierra, un punto de los confines donde la noche etérea de nuestra galaxia se ilumina gracias a los últimos vapores de la atmósfera terrestre. Si se hubiese tratado de las luces del alba, habrían crecido por algunos intersticios del tejado o de la puerta hasta invadirlo todo, pero allí la luz azul seguía igual a sí misma, irreal, suspendida en el cielo de la cabaña y demasiado débil para iluminar el recinto. Permanecí inmóvil, entornando los ojos para intentar medir el grado de intensidad de aquella luz oscura, cuando me sorprendió un olor particular, que se sumó a todos los que había reconocido. Me envolvió un olor a agua de mar mezclada con algas frescas. Era agradable, y aquel punto de frescor salado despejó mi inquietud por verme en un sitio donde la oscuridad no lo era. Entonces me pareció oír como un chapoteo de agua agitada y no tenía claro si me lo estaba imaginando. Tranquilizado por la certeza de que al menos uno de mis sentidos no obedecía a una alucinación y de que por lo tanto seguía vivo, cerré los ojos y me dormí.

Al despertarme de nuevo, el día se había abierto un camino en la cabaña, de cuyo techo colgaba una espesura de calabazas de vientres amarillentos de todos los tamaños, atadas no sé cómo. Yo estaba tumbado sobre una estera un poco por encima del suelo, con la espalda plana y el torso desnudo, el cuerpo tapado hasta la barbilla por una pesada tela de algodón que, sin embargo, no me daba calor. Mi nuca reposaba en otra tela enrollada sobre sí misma. Aunque el estado de debilidad en el que me encontraba me hacía pensar que llevaba mucho tiempo sin comer, me encontraba bien. No tenía sed, ya no tenía fiebre. Me invadió poco a poco esa sensación de euforia que experimentan los convalecientes en cuanto el cuerpo deja de hacerlos sufrir y se me relajaron los brazos y las piernas, que estiré. De pronto apartaron la gran estera de juncos trenzados que cerraba la estrecha entrada de la cabaña y penetró un haz de luz que me dejó cegado. Cerré enseguida los ojos y, cuando los volví a abrir, tenía enfrente una sombra.

Pero antes de continuar contándote lo que pasó en aquella cabaña, mi querida Aglaé, algo que marcó mi vida como un hierro al rojo, es necesario que vuelva un poco atrás para que entiendas mejor los detalles de la situación extraordinaria en la que me encontraba. Lo que voy a contarte, y que me parece esencial para la comprensión de los acontecimientos que vendrán, no lo supe hasta tres días después de mi caída del caballo por boca del propio Ndiak, después de sufrimientos casi inconcebibles.

Cuando nos volvimos a encontrar, Ndiak me contó que cuando intentó impedir que me cayese de mi caballo sin nombre en Keur Damel creyó que había sido fulminado por la muerte, igual que un joven tío suyo a la vuelta de una partida de caza. Según él, su tío fue castigado por un genio de la sabana porque no había llevado a cabo correctamente los rituales de conciliación para una presa recién cobrada. Y si en su momento había creído que las fuerzas ocultas de la sabana no tenían poder sobre mí por ser blanco, al verme resbalar de la silla, Ndiak había vuelto a pensar en mi crimen. El día anterior, en el camino a Keur Damel, en las inmediaciones de la aldea de Djoff, yo había abatido de un disparo de fusil a un ave sagrada posada en un mango. Los aldeanos que habían oído mi disparo me habrían matado en represalia si nuestro pequeño grupo armado no les hubiese hecho replanteárselo.

Convencido de que el espíritu del pájaro sagrado se había vengado de mí, algo que demostraba que ya no era del todo blanco de tanto hablar wólof, Ndiak me había tendido en la arena de Keur Damel. Para él, ya estaba muerto. Me buscó el pulso en la yugular y en la muñeca para mayor tranquilidad y no notó nada. Se estaba preguntando si debía hacerme enterrar allí mismo y según qué ritual religioso cuando el guerrero más veterano de nuestra escolta sacó un espejito de uno de sus bolsillos. Este hombre, de unos cincuenta y tantos años, edad avanzada para un guerrero negro de Senegal, se llamaba Seydou Gadio. Hasta el momento no me había fijado en él. Era muy discreto, solo el pelo blanco llamaba la atención sobre su persona. Sin embargo, era él quien dirigía nuestro viaje. Aquella vez me salvó la vida para hacérmela desgraciada menos de una semana más tarde.

Seydou Gadio se había arrodillado junto a mi cabeza para colocar el espejo justo delante de mi nariz y de mi boca. La superficie se llenó de vaho, prueba de que aún respiraba. Era un hombre experimentado, y Ndiak no tuvo ningún problema en admitir, cuando me contó lo que me había pasado durante los dos días que estuve inconsciente, que se confió por completo a él. Por tanto, fue Seydou Gadio quien ordenó la construcción de unas parihuelas con unos cuantos restos de empalizada hundidos en la arena de la aldea de Keur Damel. Y fue él también quien les había ordenado a los hombres del grupo que dirigía que se turnaran para transportarme a la carrera hasta la aldea de Ben, en Cabo Verde.

Tanto Seydou Gadio como Ndiak habían creído preferible conducirme a Ben cuanto antes. La letargia en la que me sumía una fuerte fiebre allanaba, a sus ojos, las dificultades de un trayecto que una conciencia más aguda de mi sufrimiento habría complicado. Entre paradas frecuentes y salidas ralentizadas para llevarme, fui perdiendo mis últimas fuerzas contra el mal que había cosechado una primera victoria sobre mi persona. Creyéndome vencido, puesto que mi aliento era imperceptible, dejó de ensañarse conmigo. El clima más fresco de Cabo Verde ayudaría a mi restablecimiento, para gran sorpresa, según ellos, del espíritu al que había ofendido matando al ave sagrada de la aldea de Djoff.

Ndiak y Seydou estaban decididos a quitarme de la vista del espíritu. Para esconderme, habían tapado todo mi cuerpo con una gran tela de algodón, blanca como un sudario. Cuando los porteadores de mi camilla se detenían para descansar, levantaban con disimulo uno de los bordes para humedecerme con agua fresca el rostro, que estaba ardiendo. Hecho esto, volvían a taparme y meneaban la cabeza como si se lamentasen de mi muerte. Haciéndose el fatalista, Ndiak me había contado que a menudo había suspirado a media voz para que lo oyese el genio del ave sagrada: «Que Dios le perdone, estaba escrito ahí arriba que debía partir sin haberse despedido de sus seres queridos en Francia».

Y así es como habían hecho transportar mi camilla a todo correr hasta Cabo Verde, evitando en lo posible las aldeas. Tras haber atravesado vadeando un brazo de mar que alimentaba un lago salado cuya agua se volvía de un color rosa vivo cuando el sol alcanzaba su cenit, como había observado durante mi anterior viaje a Cabo Verde, habían resuelto andar a cubierto por el bosque de Krampsanè. Para engañar a la muerte, que me perseguía. Y para ello pusieron en peligro su propia vida, porque aquel gran bosque de datileras y palmeras lo habitan leones, panteras y hienas que tienen por costumbre salir de noche para rondar por las inmediaciones de las aldeas de Cabo Verde situadas a orillas del mar.

Después de casi treinta horas de marcha forzada llegaron ante la aldea de Ben. Había luna llena, y Ndiak y Seydou Gadio habían visto siluetas de una hiena y de un león que, una al lado del otro, con las patas delanteras apoyadas en el tejado de una misma cabaña, en la linde de la aldea, engullían con las fauces unos pescados puestos a secar. Seydou, el viejo guerrero, había hecho detenerse a la comitiva con un gesto. Y se habían quedado quietos hasta que las dos fieras, visiblemente cómplices aunque se las creyese los peores enemigos del mundo, volvían al bosque al amanecer sin prestarles atención.

Ndiak me contó que al jefe de la aldea de Ben no le había sorprendido el relato de la extraña asociación de un león con una hiena para robar pescado seco. Se había limitado a responder: «Todos tenemos que vivir». Tampoco se había sorprendido de verme transportado en parihuelas. «Nuestra curandera ya me anunció que hoy unos extranjeros pedirían verla. Seguidme, os llevaré con ella.»

Ndiak me contó cuál fue su asombro al desandar el camino hasta la cabaña de una parcela situada a la entrada de la aldea, bajo cuyo tejado se secaba el pescado que habían visto como el león y la hiena se llevaban justo una hora antes. Les pareció, a Seydou y a él, una señal del destino, sin que fuesen capaces de adivinar si era buena o mala.

Tal y como se habían imaginado, dado que generalmente solemos asociar la capacidad de curar con una larga experiencia de la vida, los había recibido en la entrada de la parcela una anciana que, adelantándose a sus explicaciones, les había asegurado que curaría al blanco que yacía en una camilla a pesar de detestar a todos los de aquella raza. Mis dos compañeros temblaron, porque no habían levantado el sudario que me tapaba por completo. ¿Cómo había sabido que yo era un *toubab*? No les tranquilizó lo que dijo a continuación la anciana: hacía mucho tiempo que sabía quiénes éramos y que vendríamos.

Ndiak me había confesado que Seydou Gadio, a pesar de su edad y de su experiencia, y él se quedaron sin palabras, porque la curandera impresionaba. Apoyada en un enorme bastón forrado de cuero rojo incrustado de cauris, tenía el rostro medio tapado por una especie de capucha hecha con la piel de una serpiente de un tamaño monstruoso. Además de la capucha, la piel de serpiente le cubría los hombros y le caía hasta los pies como una capa viviente. De rayas color amarillo claro sobre un fondo negro azabache, la piel tenía un aspecto aceitoso y brillante. A Ndiak le dio la sensación de que la anciana, cuando se giró, renqueante, para entrar en la cabaña principal de su parcela, donde había mandado que me instalasen, era un ser indefinible, mitad mujer, mitad serpiente. Bajo aquella capa horrenda, todo el cuerpo de la curandera estaba disimulado en una combinación cosida de una sola pieza en un tejido color arcilla roja. Y la parte inferior de la cara, el único trozo visible, estaba cubierta por una mezcla de tierra seca blanquecina que, agrietada en las comisuras de los labios, le conferían a la boca la amplitud de las fauces inmundas de la serpiente cuya piel la cubría. A pesar de su avanzada edad, que delataba su espalda encorvada, sus gestos eran enérgicos y subrayaba cada una de sus palabras, pronunciadas en voz baja y grave, con un golpe seco de su enorme bastón contra el suelo. Así fue como dio la orden a Ndiak, Seydou Gadio y toda nuestra comitiva de no acampar cerca de su parcela. Que fuesen a instalarse a la otra punta de la aldea, ya los haría llamar cuando estuviese curado.

Mis compañeros obedecieron, estimando que la suerte de mi vida ya no estaba en sus manos, sino en las de una curandera cuyo aspecto espantoso les hacía creer que lograría dar con el espíritu maligno que me atormentaba, el del ave sagrada que había matado yo de un disparo en la aldea de Djoff. Ndiak me confesó que, pese a todo, había rezado mucho a Dios para que me librase de la muerte, a sabiendas de que si yo desaparecía le tocaría contarle a su padre los verdaderos motivos de nuestro viaje a Ben. No quería que el rey se quedase con una pésima impresión de mí al enterarse de que habíamos hecho todo aquel camino desde la isla de Saint-Louis para escuchar, por simple curiosidad, la estrafalaria historia de una esclava supuestamente regresada de América. Pensaba que eso me restaría valor y que esa desconsideración repercutiría en él, lo cual motivaría que sus «iguales» pudiesen burlarse de él.

–Es verdad, Adanson –había concluido una vez que me hubo contado nuestra llegada rocambolesca a la cabaña de la curandera de Ben–, habría llorado tu muerte como la de un amigo. Pero lo más duro para mí habría sido confesarles a los demás que había secundado las iniciativas de un loco.

Con estas palabras, que Ndiak había pronunciado con seriedad a la sombra de un ébano, justo después de mi sanación, de la que hablaré más tarde, creí entender que mi joven amigo ya estaba trabajando para convertirse en el rey de Waalo. Al oírlo hablar así, pensé que no tendría ningún escrúpulo en fomentar guerras para tomar el poder contra el orden de sucesión que indicaba que había de ser uno de sus sobrinos quien heredase el trono. ¿No estaría ya intentando ataviarse con un manto de respetabilidad del que yo era una pieza clave por ser blanco? Empecé a reconsiderar la confianza que debía tener en él, porque un hombre, por joven que sea, cuando emprende el camino que conduce al poder, ya no ve a sus semejantes sino como peones que desplazar en un vasto tablero de ajedrez. Pero me equivocaba. Ndiak fue, creo, el amigo más fiel que he tenido nunca.

XX

Al despertarme por fin, tras dos días de absoluto letargo, una sombra se alzaba frente a mí. Y cuando descubrí en el mediodía de la cabaña, una vez acostumbrada la vista, la parte inferior de un rostro espantoso, creí desvanecerme de nuevo. Erguido al pie de mi cama, un ser humano me observaba en silencio y, durante un segundo de terror, creí que una boa inmensa se disponía a abalanzarse sobre mí con las fauces abiertas. Me incorporé de golpe sobre los codos y pregunté con voz débil qué quería de mí. No recibí respuesta. Alguien me observaba, escondido bajo una capucha de piel de serpiente que exhalaba un olor a manteca rancia mezclada con el también característico de la corteza de eucalipto quemada. Entonces comprendí que debía de estar en manos de una de esas curanderas, iniciadas en los misterios de las plantas de su país, cuyos saberes había investigado en cuanto supe suficiente wólof para entenderlas. Si había vuelto en mí, sin duda era gracias a aquella persona, y no debía temerla.

Permaneció inmóvil durante un tiempo que se me antojó muy largo observándome sin que yo pudiese verle los ojos. Me tranquilicé como pude. Luego, como presa de una resolución irrevocable y repentina, aquella persona se echó con las dos manos la capucha sobre los hombros.

—¿Y tú? ¿Qué quieres tú de Maram Seck?

Creí hallarme bajo el influjo de una nueva alucinación cuando se me apareció una muchacha que a primera vista juzgué muy bella pese al emplasto de tierra blanca que le afeaba las mejillas y la boca. Protegida por aquella costra blanca que le servía de máscara, la parte superior de la cara revelaba la negrura profunda de su piel, cuya textura fina y brillante sugería suavidad. Su melena trenzada y recogida en un moño alto, y su largo y grácil cuello, le daban el porte de una reina de la Antigüedad. La forma de sus grandes ojos negros almendrados, subrayados por unas largas cejas curvas, me recordaba a la de un busto egipcio que había visto en el gabinete de curiosidades de Bernard de Jussieu, mi profesor de botánica. Sus iris, que eran tan negrísimos como su piel y que destacaban sobre la blancura nívea de sus pupilas, se posaban sobre mí como sobre una presa. Estaban absolutamente fijos, como los de los seres humanos dotados del poder de la hipnosis. Me sentí intimidado y, mientras me demoraba en responder a su pregunta, ella se agachó para recoger del suelo, sin quitarme ojo, un machete que me acercó a la cabeza.

—Si no me dice quién es y por qué ha venido hasta aquí con su escolta, no dudaré en cortarle la garganta. No me da miedo morir.

–Me llamo Michel Adanson –le respondí yo enseguida–, y ya que se presenta usted como Maram Seck, le confieso sin rodeos que he venido a conocerla por curiosidad. Vengo con Ndiak, el hijo del rey de Waalo, para oír la historia de su regreso contada por usted misma.

–Entonces ¡es a usted a quien ha mandado venir para hacerme salir como a una presa!

–¿Quién?

–Baba Seck, mi tío, el jefe de la aldea de Sor.

–¿No es natural que se preocupe por su suerte?

–No se preocupa tanto por mí como por sí mismo.

–¿Qué quiere decir?

Considerando que debía de estar siendo sincero, Maram Seck dejó en el suelo el machete con el que me amenazaba hasta aquel momento y continuó:

–Baba Seck es un miserable. A él le debo la desgracia de tener que esconderme lejos de Sor bajo este disfraz de vieja curandera…

Se calló, sin duda porque había pronunciado aquellas últimas palabras con voz temblorosa y era de esas personas a las que no les gusta llorar en público por orgullo. Quizá también porque le parecía necesario saber qué relación tenía yo con Baba Seck.

Adivinando que debía tranquilizarla a este respecto para que empezase a contarme su historia, le precisé que su tío me había relatado su desaparición inexplicable de Sor, las gestiones que había emprendido hasta el fuerte de la isla de Saint-Louis para encontrarla, los mensajeros que habían enviado a las aldeas de los alrededores para saber si alguien había visto a sus raptores. Porque nadie en Sor dudaba que había sido secuestrada por unos desconocidos y que la habían vendido a los negreros. Añadí que Baba Seck, la noche en que me habló de ella, me dijo que, pocos días antes, un hombre llamado Senghane Faye había llegado procedente de la aldea de Ben para anunciar que ella había vuelto de las Américas y que estaba viva, pero había prohibido que nadie de Sor intentase volver a verla.

Mientras terminaba de explicarle que el relato de su tío me había intrigado tanto que había decidido venir a pie desde la isla de Saint-Louis hasta la aldea de Ben, en Cabo Verde, para desentrañar el misterio, Maram Seck pareció relajarse. Y para aliviarme de la postura incómoda en la que me encontraba, dado que aún seguía tumbado, apoyado en los codos, empujó hasta mí un taburete de madera grabado para sentarse junto a mi cama. Pude así apoyar la cabeza en el pedazo de tela enrollada que me servía de almohada sin perderla de vista. Ella bajaba la mirada sobre mí de vez en cuando, tan cerca que percibía el olor floral, acre, de manteca de karité y de corteza quemada de eucalipto que exhalaba la piel de serpiente echada sobre sus hombros.

Maram Seck me preguntó de pronto, cuando se hizo un silencio entre nosotros y no nos atrevíamos a mirarnos, si era posible que un hombre blanco, salido de la raza de los señores del mar, hiciese un camino tan largo a pie por simple curiosidad de su persona. Le contesté que no estaba allí solo por ella, sino para descubrir nuevas plantas y observar a los animales de la sabana desde la isla de Saint-Louis hasta Cabo Verde. Mi trabajo era clasificar plantas, árboles, conchas y animales terrestres y marinos a fin de describirlos con la mayor precisión en libros en los que otros hombres y mujeres de Francia podrían aprender a distancia lo que había visto yo in situ en Senegal. Si ella no hubiese existido tampoco habría sido un viaje hecho en vano, pues de todas formas habría aumentado mi saber sobre el mundo de las plantas, los árboles y los animales de su país.

—Entonces —me respondió Maram Seck— se considerará usted muy distinto de la gente de la Compañía de Senegal que trata con marfil, oro, goma arábiga, cuero y esclavos.

Bastante contento de presentarme como un hombre excepcional, le respondí que no tenía nada que ver con la gente de la Compañía de Senegal, y que solo estaba asociado a ellos en lo formal. Solo estaba en Senegal para observar su fauna y su flora.

—Pero ¿acaso ignora que la Compañía cuenta, sin ninguna duda, con sacar provecho de sus observaciones, ya actúe usted de buena o mala fe? —me replicó ella.

Sus últimas palabras me horrorizaron aún más que su machete. Empezó a preocuparme el valor que me adjudicaba. Me apresuré a dar todo tipo de explicaciones sobre el carácter particular de mi trabajo, llenas de vacilaciones porque no quería que parecieran una demostración de falta de modestia por mi parte. Decir que eres diferente es querer distinguirse, y yo notaba de una manera difusa que, para estar a la altura de la nobleza de alma que presentía en mi interlocutora y ganarme su afecto, quizá tuviera que contenerme; algo que me costaba aún más habida cuenta de que me expresaba en wólof, lengua de la que en aquel momento me hubiera gustado dominar todos los matices para brillar al máximo, y porque aún padecía las secuelas de la fiebre.

Maram Seck dejó que me perdiera un momento en explicaciones confusas en las que practiqué la falsa modestia sin olvidar otorgarme un papel distinguido frente al resto de los franceses en Senegal, cuando, tal vez al verme mala cara y advertir que me volvía el agotamiento, se puso en pie repentinamente, interrumpiendo mi discursito sostenido por el amor naciente que me inspiraba.

Se fue a un rincón oscuro de la cabaña del que no era capaz de distinguir nada desde donde estaba y volvió casi enseguida a sentarse junto a mí con una calabacita en forma de escudilla y con un asa curvada en la mano. Me la tendió y bebí lentamente su contenido, mezcla de leche cuajada de vaca y polvo del fruto del baobab, llamado *pan de mono*, cuyo sabor acidulado me refrescó más que el agua y que me alimentó tan bien como el pan. Debía de ser también un remedio eficaz, porque noté que me volvían las fuerzas más rápido de lo que habría creído posible. Luego, tras volver a echarse encima la piel de serpiente y taparse de nuevo media cara bajo la capucha negra con rayas amarillas, me ayudó a levantarme y caminar hasta salir de la cabaña.

Estábamos en el mes de septiembre, cerca del final de la estación lluviosa. El cielo estaba cargado de nubarrones que se iban volviendo de un color berenjena cada vez más oscuro, como si gracias al viento que los transportaba se hubiesen tragado todo el polvo rojo de los suelos de Cabo Verde para restituirlo después en trombas de agua.

Maram Seck me guió hasta un rincón del patio de su parcela rodeado de empalizadas de la altura de un hombre. Allí había una gran vasija oscura desgastada, de cuello muy ancho, en la que flotaba un cuenco de madera que ella me indicó que podía utilizar para lavarme. En un puñado de paja fresca del tamaño de la palma de una mano había un jaboncito negro, hecho de una mezcla de cenizas y de una pasta endurecida con aroma a hoja de eucalipto. Maram me ayudó a quitarme la camisa, que echó con la punta de los dedos en una calabaza llena de agua situada allí cerca. Ya me daría un traje limpio y seco al volver a la cabaña, donde iba a esperarme.

El temporal amenazaba con estallar, y consciente, porque lo había leído antes de viajar a Senegal, de que el agua de lluvia era portadora de miasmas, me apresuré a lavarme. Lo hice en profundidad, y lo mismo con la camisa, el calzón y la ropa interior. Al ver que el agua de la calabaza donde había frotado mis ropas con jabón se teñía del color berenjena del cielo tormentoso que sobrevolaba nuestras cabezas, entendí el asco de Maram y me dio vergüenza. Una vez aseado, y cuando el color de la ropa me pareció que recordaba un poco al original tras cinco lavados, la tendí en lo alto de una empalizada que protegía aquel sitio de miradas indiscretas. Se levantó viento. Tuve el tiempo justo de taparme con una tela que Maram me había dejado y correr hasta la cabaña donde me esperaba. La estera que cerraba la entrada estaba echada a un lado. Así a cubierto, me di la vuelta para contemplar el espectáculo del tornado.

Al principio vi caer del cielo unas cascadas de agua rojo sangre. Si las nubes eran color berenjena, era porque habían absorbido todo el polvo del suelo levantado por el viento. Era esta primera lluvia la peligrosa para la salud. Una vez pasada aquella catarata impura, se derramó sobre la tierra el agua limpia y potable. Y es entonces cuando, en todas las aldeas de Senegal, todas las vasijas cerradas con una tapa se abren ante esta lluvia benefactora que cae un tiempo después del comienzo de la tormenta.

Cuando volví a la cabaña, Maram se preparaba para salir con la cabeza descubierta, simplemente vestida con una tela por debajo de las axilas para correr de vasija en vasija, de cuenco en cuenco, a levantar las tapas. La vi desaparecer tras una de las cabañas de la parcela, sin duda afanándose en abrir a la buena lluvia todos los recipientes que fuera posible. De entrada, me asombró verla salir sin su habitual disfraz de vieja curandera; luego imaginé que no temía que los aldeanos la sorprendiesen durante la tormenta, puesto que debían de estar ocupados, como ella, recogiendo el agua del cielo.

Dejé abierta la entrada de la cabaña y volví a mi cama, cuyas sábanas sucias de mi sudor febril Maram

144

había cambiado por unas limpias. De un cuenquito de tierra ocre con tres perforaciones en forma de triángulos, semicírculos y cuadrados minúsculos salía el humo de un incienso que perfumaba el aire con un aroma pesado y embriagador de almizcle, mezclado con el de corteza de eucalipto. A la derecha de la entrada de la cabaña había, en el suelo, un gran cubo de madera con un aro de metal que no había visto antes. Volví sobre mis pasos mientras creía oír en mi interior el mismo chapoteo que me había devuelto la consciencia la noche anterior. Tras apartar la tapa, una especie de gran abanico redondo hecho de juncos trenzados, metí el índice en el agua y lo retiré de golpe cuando vi que se agitaba la superficie. Me lamí el dedo; sabía a sal. Entendí que en el cubo debía de haber uno o dos peces marinos cuyos desplazamientos me indicaba su chapoteo. Me sorprendió, pero me dije que sin duda Maram los criaba para su práctica de curandera.

Volví a mi cama, donde encontré un gran calzón de algodón blanco y una larga camisa abierta a los lados que Maram me había dejado. La camisa era de indiana y me impactaron sus hermosos motivos estampados. Decorada con cangrejos violetas y peces amarillos y azules, estaba salpicada de conchas marinas rosas escondidas en un manojo de algas verde claro, todo sobre un fondo blanco inmaculado. Me conmovieron las atenciones de Maram, que me había dado ropas visiblemente nuevas, y pensé que ojalá me hubiera podido afeitar para presentarme ante ella con mi mejor aspecto. Al pasarme la mano por las mejillas

145

me noté la barba de tres días, cuyo color rojizo, como el de mi melena, no debía de favorecerme. Pero no tenía a mano mi neceser de baño. Maram me había explicado que mis baúles estaban en la otra punta de la aldea de Ben, vigilados por Ndiak. No podía recuperarlos ni avisar a mis compañeros de viaje de mi sanación mientras la lluvia continuase arreciando. Así que decidí volver a acostarme para continuar recuperando fuerzas a la espera de que Maram regresase.

A punto de dormirme pensando en lo ansioso que estaba de que volviese para escuchar la continuación de su historia, oí a mi izquierda, detrás de la pared donde se apoyaba mi cama, el chirrido de la tapa de una vasija que Maram debía de haber abierto a la lluvia. Curioso, me puse de pie en la cama y, de puntillas, alcancé a echar un vistazo por la juntura entre el techo de paja y la pared de la cabaña. Lo que descubrí por aquel intersticio me hizo temblar.

En mi primera juventud, unos años antes de mi viaje a Senegal, estuve a punto de ingresar en una orden y, ferviente católico como era, consideraba el pudor la gran virtud que, bastante a menudo, nos impide cometer el pecado de la carne. Pero, a pesar de los principios de mi educación religiosa, a pesar de mi deseo de apartarme de aquel espectáculo terriblemente peligroso y bello al mismo tiempo, no pude despegar los ojos de Maram Seck, que, totalmente desnuda, estaba ocupada en destapar uno por uno todos los recipientes que esperaba que la lluvia llenase de agua. Se había quitado la tela que, empapada, debía de estorbar sus movimientos, y deambulaba libre y hermosa en su total desnudez como una Eva negra que Dios aún no hubiese expulsado del paraíso. La lluvia le había lavado la tierra blanquecina que le distorsionaba el rostro, revelando unos pómulos altos y unos hoyuelos casi imperceptibles en las mejillas, incluso cuando no sonreía. Sus pechos llenos de vida parecían pulidos por un escultor y la esbeltez de la cintura hacía más evidente aún la espléndida redondez del final de la espalda y el nacimiento de los muslos. Al no saber que la espiaba, actuaba con toda la libertad del mundo y nada en su anatomía escapó a mi mirada, hasta el punto de permitir que me fijase en que, pese a ser una mujer adulta, no tenía en todo el cuerpo ni rastro de vello.

El espectáculo que me ofreció sin querer Maram Seck de su cuerpo sin duda fue fugaz, y al momento se alejó hacia otro rincón del patio de su parcela. Pero, en lo que duró, me dio tiempo a reprocharme cien veces no ser capaz de despegar los ojos de su belleza. Y así volví a acostarme, enfermo a la vez de deseo y de vergüenza, de haber abusado de ella por medio de la mirada y el pensamiento sin que sospechase que la espiaba mientras corría desnuda bajo una lluvia providencial.

XXI

Maram no volvió a la cabaña hasta que cesó la lluvia. Se había vuelto a poner un vestido de algodón blanco y olía a hierba recién cortada. No me atreví a decirle nada, avergonzado por haberla sorprendido en su desnudez, y me prometí pedirle perdón bajo algún falso pretexto para que me lo concediese formalmente sin saber la auténtica razón.

Ahora que soy un anciano, considero que la falta que me reprochaba no era tan grave. ¿Acaso no es absurdo asociar juicios morales a los impulsos naturales? Pero tengo que reconocer que mi religión fue lo que me impidió ofender a Maram Seck. Si me hubiese insinuado, sin duda habría perdido la confianza que la arrastraba a contarme su historia. Un día, si el mundo en el que vivíamos nos hubiese dado la oportunidad, le habría pedido que se casase conmigo. Y si hubiese aceptado la habría conocido, como nos invita a hacer la naturaleza cuando un hombre ama a una mujer y una mujer a un hombre.

Maram y yo nos sentamos con las piernas cruzadas uno frente al otro en la cama desde donde yo la había espiado menos de una hora antes. Estaba muy cerca de mí, podría haberla tocado estirando el brazo. Sus grandes ojos estaban fijos en los míos, llenos de un candor que me encogió el corazón. Me entraron ganas de estrecharla contra mi pecho. Todos sus movimientos, briosos y suaves a un tiempo, desprendían un grácil encanto que me fascinaba. Todavía había luz en la cabaña y me fijé en las palmas de sus manos, que agitaba suavemente cuando se animaba; las llevaba decoradas con dibujos geométricos. Círculos, triángulos, puntos de un color ocre oscuro incrustados en su piel con alheña, una planta que he descrito en uno de mis informes. Se me ocurrió que aquellos signos contaban su historia en una escritura desconocida que solo ella sabía descifrar, como esas adivinas bohemias que te dicen la buenaventura, que ven resumidas vidas enteras en las arrugas de las manos de sus víctimas.

–Si le he revelado mi auténtica identidad y he decidido no ocultarme –continuó Maram en voz baja–, es porque me ha parecido que podía confiar en usted. Se me antoja distinto a otros hombres, tanto de mi raza como de la suya. –Sus primeras palabras habían hecho que me ruborizara. Ella no creía equivocarse–. La belleza de una mujer puede ser una maldición –continuó–. Apenas hube salido de la infancia ya me valió todas las desgracias que me condujeron hasta aquí, a esta cabaña en la aldea de Ben.

»Un día, no sabría decir cuándo, mi tío, el hermano mayor de mi madre, que me hacía las veces de padre desde la desaparición de mis padres, dejó de verme como una niña. Poco a poco me fue pareciendo que ya solo me miraba a mí, entre sus propios hijos, cuando íbamos a saludarlo por las mañanas delante de su cabaña. Al principio estaba orgullosa de la atención que me dispensaba y me esforzaba por merecerla siendo lo más agradable posible. Me decía que había tenido suerte de que me acogiese en su casa. Pero pronto comenzaron a intrigarme sus miradas. Me perseguía por toda la parcela con tanta insistencia que tenía una sensación desagradable, como si me tirase del pelo, como si me retuviese agarrándome por los hombros, como si me desgarrase los vestidos y me devorase. Intenté por todos los medios apartarme de su vista. Fue en vano. Me sentía como una gacela que, pese a brincos inimaginables y carreras imprevisibles, no conseguía escapar de la fiera que le pisa los talones.

»Comprendí enseguida que estaba a merced de mi tío, prisionera de un deseo masculino cuando no era más que una niña. Agotada por la amenaza continua de una catástrofe que no me merecía, decidí intentar poner la máxima distancia posible entre nosotros. Me escapaba con mucha frecuencia de la parcela de mi tío, y hasta de la aldea, para no quedarme a solas con él. Pronto empecé a pasar la mayor parte de la jornada en la sabana que rodea Sor.

»Mi tío Baba Seck y su esposa toleraban mis escapadas por razones distintas. Ella porque debía de notar que me estaba convirtiendo en su rival y la horrorizaba pese a mi inocencia. Él porque, sin duda, pensaba abusar de mí en algún rincón de la sabana, lejos de miradas ajenas. A mis primas y primos, más pequeños, les asombraba mi privilegio a la hora de deambular fuera de los límites de nuestra aldea y de estar exenta de tareas domésticas farragosas. La única de la que me responsabilizaba por completo era llevar, antes de la noche, un hatillo de leña seca para encender la lumbre para preparar la cena.

»Al principio, la sabana me daba tanto miedo como mi tío, pero al final se convirtió en mi refugio, mi familia. A fuerza de recorrerla de aquí para allá, de observarla, de espiar a los animales que la habitan, mientras ellos a su vez me observaban, aprendí las virtudes de numerosas plantas. La mayoría de los conocimientos de los que me valgo hoy en mi papel de curandera, aquí, en la aldea de Ben, los debo a aquellos tres años en que no volvía a la parcela de mi tío hasta el atardecer, siempre cargada con mi hatillo de leña para la cocina.

»Al principio, a los aldeanos de Sor les resultó extraña mi manera de vivir. Luego se familiarizaron con ella. Toda la gente que me cruzaba por la mañana, camino de su *lougan*, su campo, en las inmediaciones de la aldea, me saludaba con cordialidad. Yo seguía siendo una niña, pero muchos habían empezado a pedirme que les llevase hierbas o flores cuyas virtudes para curar tal o cual dolencia concreta me explicaban rápidamente, ya lo hubiesen descubierto por sí mismos o se lo hubieran enseñado sus padres. Y muy pronto, haciendo acopio de todos aquellos saberes dispersos que me comunicaban de buen grado, acabé volviéndome sabia.

»Adquirí cierta fama cuando logré curar a una de mis primas, que, si bien conservaba un gran apetito, se estaba consumiendo a ojos vista. En la aldea había quien decía que la estaba devorando por dentro un hechicero, un *dëmm* que le quería mal a su familia. Había quien pensaba, por lo menos eso creo, que yo podía ser dicha hechicera malintencionada, así que decidí intentar curar a Sagar para que aquel rumor, que empezaba a afectarme, no fuese a más.

»Debo mi éxito a la oportunidad que tuve de poder observar a los animales de la sabana sin que ellos se inquietaran por mí. Se habían acostumbrado a mi presencia discreta, había entrado en su mundo sin hacer ruido.

»Un día había sorprendido a un monito verde, separado de su clan, que me había parecido enfermo por lo flaco, llenándose la boca hasta reventar de raíces de un arbusto que había desenterrado pacientemente y que después estuvo masticando durante largo rato. Intrigada, lo seguí de lejos y, al poco, observé cómo se calmaba pegando chillidos de dolor y luego de satisfacción cuando se volvió para ver lo que había expulsado. Era un gusano larguísimo, en medio de varias decenas de otros pequeñitos que se agitaban entre sus deyecciones, y que pude observar una vez que el mono se hubo alejado. Llegué a la conclusión de que lo que era bueno para aquel animal debía serlo para los humanos que contrajesen el mismo mal. Y así fue como, imaginando que mi prima Sagar podía estar aquejada de aquellos gusanos, visto lo demacrada que estaba pese a todo lo que comía, infusioné por si acaso un brebaje con esa raíz y se lo hice beber. Enseguida se libró de aquellos inquilinos que se alimentaban de todos los nutrientes que ella se llevaba a la boca.

»De esta proeza nació mi reputación de curandera, y mi tío, en calidad de jefe de la aldea, se alegró públicamente de que no necesitásemos ya ir a curarnos fuera de casa. El curandero de una aldea bastante lejana exigía, en efecto, bastantes regalos en especie a cambio de su trabajo. En cuanto a mí, contenta de curar casi todas las veces que me lo pedían, solo cobraba lo que me quisieran dar.

»Mi tío Baba Seck se regocijó también al ver que quedaba justificado el trato de favor que me había dispensado al permitirme errar por la sabana alrededor de Sor mientras que al resto de los niños les estaba prohibido. Yo le cedía los donativos en especie de mis pacientes: pollos, huevos, mijo y a veces incluso corderos. Habría podido continuar aprovechándose de la riqueza que le traía por medio de mis saberes y consolidar un poco más su posición de jefe de la aldea gracias a mí, pero no consiguió domar al demonio que lo poseía y que quería gozar de mí aun siendo su sobrina, una hija más entre todos sus hijos.

»Es cierto que al cabo de tres años de semilibertad yo había crecido tanto que las primicias de mi cuerpo de muchacha, detectadas en primer lugar por mi tío, habían eclosionado. Cuando me lo cruzaba me miraba con una insistencia feroz, un deseo ardiente, pero también creía ver en sus ojos una especie de profunda angustia, los remordimientos de un hombre que luchaba consigo mismo sin descanso, sin esperanza de curarse de su enfermedad de amor por mí.

»Que sintiese piedad por mi tío debió de atizar la cólera de mi *faru rab*, mi genio-esposo, que decidió, sin duda, que antes de que la tierra de Sor se ensuciase con un crimen de incesto debía abandonar mi aldea natal. Tal vez mis frecuentes temporadas en la sabana también habían excitado los celos de un genio femenino cuyos poderes superaban a los de mi *rab*. Fuera cual fuese el motivo oculto, la sabana, que hasta entonces había sido mi refugio, se volvió brutalmente hostil.

»Yo, que nunca me había dejado sorprender por ninguna fiera, por ningún reptil, ave o mamífero después de tantos años; yo, a quien los gorriones gorgiblancos o las abubillas advertían del menor peligro; yo, que me conocía todas las tretas de las presas para escapar a sus depredadores; yo no lo vi venir hasta que lo tuve encima. Demasiado tarde.

»Mi tío me atrapó y me agarró entre sus brazos. Es un hombre alto y fuerte, y yo no tenía suficiente corpulencia para resistirme. Con ojos desquiciados me susurraba al oído, como si le diese miedo que lo oyesen en aquel lugar desierto: "Maram, Maram, durante todo este tiempo has sabido lo que quiero, tú lo sabes. Vamos a hacerlo solo una vez, una vez solamente. Nadie lo sabrá. Luego te encontraré un buen marido… Sé buena, ¡solo una vez!".

»Sabía lo que mi tío quería, y yo no lo quería. Un día había sorprendido, tras un monte bajo, a un joven aldeano con su mujer, que había ido a llevarle comida al campo. No me vieron mientras los espiaba escondida detrás de un árbol durante su danza frenética y alegre, ahora él encima, ahora debajo. Parecían felices. Los oí gemir y hasta gritar de alegría al final.

»Yo, prisionera de los fuertes brazos de mi tío, gemía de terror. No pensaba hacer aquello con él. Éramos de la misma sangre, llevábamos el mismo nombre. Si pasaba lo que él quería, estaríamos perdidos los dos y la aldea de Sor, cuyos campos y pozos se echarían a perder irremediablemente ensuciados por nuestro acto impuro. No entraba dentro del orden natural que me hiciese mujer.

»Forcejeé, pero mi tío había logrado tirarme al suelo y echaba sobre mí todo el peso de su cuerpo. Apestaba a madera quemada, fiebre y ferocidad. El sudor acre de su frente me goteaba en los ojos, en la boca. Le grité que él tenía que darme un esposo, no convertirse en uno. Lo llamé "papá" para que volviese en sí. Intenté recordarle el nombre de mi madre, Faty Seck, su hermana menor, y de mi padre, su primo, Bocum Seck. Le grité los nombres de sus hijos, Galaye, Ndiogou, Sagar y Fama Seck, para que se acordase de que yo era uno de ellos. Pero no volvió en sí. No veía nada, ya no comprendía quién era yo. Me deseaba allí mismo y a toda costa. Quería penetrarme.

»Ya me había arrancado la tela que me cubría e intentaba separarme las piernas cuando una carcajada entre la maleza, no lejos de la arboleda donde estábamos, lo hizo pararse en seco.

»Cada lengua produce un tipo de risa particular. El idioma del que provenía esta me resultó desconocido y, aunque había hecho que mi tío me soltase, no dejé de temblar de espanto. Tal vez mi *rab*, mi genio protector, se había materializado en algún ser situado entre lo humano y lo inhumano para salvarme de la situación desesperada en la que me encontraba. Si mi *rab* se había disociado de mí hasta el punto de no poder volver a reintegrarse en mi cuerpo, me arriesgaba a perder la razón. Solo gracias a él había podido sobrevivir en la sabana. Adiviné su presencia en mis sueños, bajo diversas formas humanas o animales, sin poder asociarlas con precisión a una de ellas, sin poder aún, en aquella época, reconocerlo.

»Sin embargo, quien me había salvado del deseo monstruoso de mi tío no era un avatar de mi *rab*, sino un hombre blanco como usted, Adanson. Flanqueado por dos guerreros negros, se nos acercó soltando otra carcajada enérgica y aguda que recordaba a la de una hiena joven. Era más alto que usted y llevaba un fusil, como sus dos compañeros. Debían de estar cazando en la sabana de Sor y sin duda mi *rab* había guiado sus pasos para salvarme una primera vez. Pero no iba a tardar en descubrir que mi *rab* había sustituido un gran mal por otro.

»Mi tío se había vuelto a poner de pie y, mientras yo también me levantaba, intentando coger el vestido para cubrir mi desnudez, el blanco había dejado de reírse. Observó cómo me vestía con toda atención, ávido, quieto. Llevaba un sombrero cuya ala ancha le sombreaba una parte de la cara. Le brillaban los ojos. Aún no había visto a muchos blancos en mi vida, dos como mucho, y desde muy lejos, hombres venidos de la isla de Saint-Louis a cazar por las inmediaciones de nuestra aldea. Este era singular y aterrador. La piel de su rostro estaba plagada de innumerables agujeritos y manchas como las que se ven en la luna llena cuando sube por el horizonte, en el borde del cielo. Tenía hinchadas las aletas de la nariz, surcadas por minúsculas grietas violáceas, y sus labios rojos, gruesos, dejaban entrever una dentadura moteada de puntos negros.

»Sin quitarme ojo, se puso a hablar en ese idioma tan característico de ustedes, que, ya puede una abrir la boca lo que quiera, no hay manera de pronunciar. Un trino de pájaro. Uno de sus acompañantes negros tradujo sus palabras al wólof y supe que, sin interesarse siquiera por quiénes éramos, de dónde veníamos o cómo nos llamábamos, el hombre blanco quería comprarme como esclava a mi tío.

»A pesar de todo, mi tío Baba Seck aún consiguió inspirarme piedad. Estaba destrozado. Allí plantado como un niño maltrecho sorprendido en pleno hurto. Si normalmente imponía por su prestancia, ahora veía a mi lado, frente al blanco y sus dos guardias negros, a un hombre humillado. Con la cabeza gacha, no acababa de atarse los cordones del calzón, incapaz de rechazar las malas condiciones que le habían dictado para mi venta. Lo habían sorprendido en una de las situaciones más atroces para un padre, un jefe de familia y de una aldea. Pero en lugar de escoger la muerte en aquel instante, de escoger una salida honrosa, vi que ya se había resignado a vivir pese al veneno del crimen que circularía para siempre por sus venas. Dejé de sentir piedad cuando comprendí que me iba a sacrificar para proseguir con su pequeña vida de jefe. Parecía incluso que lo aliviaba que el destino le hubiese ofrecido la oportunidad para hacer desaparecer de su vista y de su vida a su sobrina, su tentación, su vergüenza.

Maram se había callado y me observaba como si intentase calibrar el efecto de sus palabras en mí. Seguramente no le costaba percibir mi gran turbación. Yo creía conocer a su tío Baba Seck y acababa de descubrir que no era el hombre que imaginaba. Jamás hubiese pensado, tras verlo varias veces, que hubiera causado así la perdición de su sobrina. Seguía viviendo sonriente como si nada, amparado por una fachada de respetabilidad que podía desmoronarse de un día para otro si su crimen llegaba a salir a la luz. ¿Había logrado disociarse de sí mismo y, como muchos seres humanos, se había construido un muro entre dos partes distintas de su alma, una luminosa y otra oscura? ¿Sentía remordimientos o había encontrado la manera de separarse del acto que supuso la perdición de Maram?

Imaginé que Baba Seck me había contado la historia de la desaparición de su sobrina con una finalidad concreta. ¿No habría pretendido excitar mi curiosidad para enviarme de explorador a buscar a Maram como a una presa y ayudarle, de una manera que aún ignoraba, a librarse de ella? Debía de haber temblado al oír el relato de Senghane Faye, el enviado de Maram, que quería saber si ya habían organiza-

159

do sus funerales en Sor y que exigía que nadie fuese a verla a la aldea de Ben. ¿Acaso no lo amenazaba así, de manera indirecta, con denunciar su crimen? Maram debió de decirle todo aquello al mensajero para torturar a su tío, que creía haberse librado de ella para siempre al venderla a un blanco.

Me perturbaba otro asunto que iba a complicar el probable plan de venganza que Maram le reservaba a Baba Seck. Ya no me cabía duda de que el hombre blanco de piel picada por la viruela que había descrito era el director de la Compañía de Senegal, Estoupan de la Brüe. Por lo tanto, mi presencia allí exponía a Maram a un peligro del que ella no sospechaba ni un cuarto de la gravedad que revestía.

XXII

Mientras yo reflexionaba, Maram había recuperado el aliento. La noche había invadido de repente su gran cabaña. En Senegal no existe el crepúsculo tal y como lo conocemos en Europa; el paso del día a la noche no es lento como en nuestras latitudes, sino brusco. Maram no hizo nada para alumbrarnos y lo consideré una buena decisión. Lo que tenía que revelarme, como anunciaba el comienzo de su historia, había que contarlo en medio de una oscuridad protectora y no bajo una luz demasiado cruda que habría vuelto más insoportable aún el espantoso espectáculo de las llagas de su existencia.

–Mi tío Baba Seck me vendió a un blanco a cambio de un mísero fusil. Necesitaba que yo desapareciese para asegurarse de conservar su vida de antes. Por más que le supliqué tirada a sus pies que no me vendiera, por más que le aseguré que no le contaría nada a nadie de la aldea, se apartó de mí con horror, como si me hubiese vuelto para él algo repugnante.

161

Me aguanté las ganas de gritar que aquel era mi tío delante de los dos guardias negros que acompañaban a mi comprador blanco y que habrían podido traducirle mis quejas. No quería que se dijese que Baba Seck había intentado abusar de su propia sobrina. Eso habría añadido vergüenza a la vergüenza.

»Mi tío, que tenía prisa por entregarme al blanco antes de que se revelase la envergadura de su crimen, cogió el fusil que le tendía uno de los guardias y se largó sin mirarme siquiera. Pero yo tengo más honor que él. Ni el blanco ni sus dos acólitos supieron jamás que me había vendido por un fusil el propio hermano de mi madre. Aquello era lo único que me importaba en medio del caos, del desastre al que me había arrastrado mi tío. A mi alrededor y dentro de mí, el mundo se derrumbaba, pero salvé el honor de mi familia.

»Mis raptores deseaban salir discretamente de las inmediaciones de Sor. Tenían, pues, que llegar al río, donde una piragua nos esperaba atada a las raíces de un mangle, dando un gran rodeo. Durante nuestra larga caminata al amparo del bosque podría haber intentado escapar, gritar, pedir socorro a mi *rab*, a todos los genios de la sabana, para que me ayudasen a recuperar la libertad, lista para comprometerme mentalmente a casarme con uno de ellos y dispuesta a quedarme estéril y no poder fundar jamás una familia humana. Pero nada de esto sucedió; no tenía ni la fuerza ni la voluntad de huir. Estaba anulada por la desgracia que se acababa de abatir sobre mí. Me flaqueaban las piernas y apenas me sostenían. Me dolían los hombros, la espalda, la nuca, y avanzaba sin ver nada a mi alrededor, llorando, ahogándome de pesar y desesperación.

»Disimulada bajo una red de pesca, en el fondo de la piragua a la que los tres hombres me arrojaron antes de lanzarnos río abajo, me dormí al instante, a pesar del agua estancada en la que tenía sumergida media cara. Y entonces, en un sueño fugaz en el que la sabana chorreaba de sangre, vislumbré a mi *faru rab* envuelto en una toga negra y amarilla que agitaba la mano hacia mí como para decirme: "¡Vuelve, vuelve!".

»Era un hombre guapo, alto y muy fuerte, de tez brillante, que lloraba mientras a su alrededor toda la vegetación estaba roja, como si la corteza de los árboles y las plantas estuviese ensangrentada por el sacrificio de miles de animales cuyos cuerpos hubiesen desaparecido a manos de los *djinns*. Mi *rab* no me escondía su llanto, me gritaba que me quería y que debería haberme cuidado mejor. Me pedía perdón por no haberme protegido aquel día tan bien como durante los tres años que habíamos sido felices juntos. Luego, aún prisionera de mi sueño, tuve la impresión de que se desmoronaba muy lentamente sobre sí mismo. Su boca empezó a ensancharse desmesuradamente, sus ojos amarillearon, la cabeza se aplastó y se volvió triangular. La ropa que lo envolvía se le incrustaba en la piel. Se enroscó sobre sí mismo, con la cabeza erguida, la mirada siempre clavada en mí. Mi *rab*, mi genio protector, era una enorme boa. Así se me mostró en sueños mucho antes de lo que hubiera sido necesario. Mi iniciación no había terminado, solo tenía dieciséis años, pero era lo más importante que le quedaba por enseñarme antes de abandonar para siempre la sabana de Sor.

»Me desperté distinta de aquel falso sueño. Si estaba abatida cuando la piragua dejó las lindes de la región de Sor, ahora me sentía extrañamente poderosa. Mientras los tres hombres que me mantenían prisionera me daban puntapiés, mientras apenas podía respirar, envuelta en una red de pesca, y mientras casi me asfixiaba en el agua estancada en el fondo de la barca, experimenté la extraña sensación de que ya no era yo quien estaba en peligro, sino mis tres raptores. Unos escalofríos casi agradables me recorrieron toda la espalda y, cuando la noche aprisionó al río, me pareció, contra toda evidencia, que había pasado de presa a depredadora.

»Notaba las oscilaciones de la piragua y me imaginaba que mi *rab*, mi genio guardián, nadaba debajo de ella a la espera del momento propicio para volcarla y salvarme. Al principio creí que la gran fricción que percibía bajo nuestra embarcación era él, que por fin nos atacaba, pero no era más que el roce del casco de la piragua con una orilla de la isla de Saint-Louis.

»Los dos hombres que acompañaban al blanco izaron la embarcación hasta la arena. Estaban enfadados con él porque les había costado Dios y ayuda sacarla lo suficiente del agua para que el blanco no se mojase los pies al bajar. Los oí maldecir e imprecar hasta que el blanco les ordenó en wólof que se callasen. No había que hacer ruido. Ellos insultaron por lo bajo a su madre, a su abuela y a todos sus antepasados, y luego me sacaron a rastras, sin contemplaciones, del fondo de la piragua. Cada uno me agarraba por debajo de una axila y, pese a la oscuridad y a la red que me tapaba, conseguí distinguirlos. Mis sentidos y mis percepciones parecían haberse multiplicado. Creí ver, oír y sentir mejor que nunca, como si mi *faru rab*, mi marido serpiente, me hubiese otorgado poderes sensitivos sobrehumanos.

»Los dos esbirros del blanco eran guerreros, mercenarios que el rey de Waalo había puesto a su disposición para proteger sus escapadas alrededor de Saint-Louis. Uno de ellos estaba más enfadado que el otro porque era al que el blanco le había ordenado que entregase su fusil a cambio de mí. Cuando un guerrero profesional como este no lleva arma de fuego se siente desnudo. Irascible por principio, pendenciero, sobre todo después de beber ese aguardiente malo con el que le pagan, es capaz de matar a sangre fría si cree que le han faltado al respeto. Este tipo de gente es temida y odiada por todos los habitantes de Senegal, porque son esclavistas, violentos.

»Vi muy bien a aquellos dos mercenarios y puedo decirle, Adanson, que uno de los hombres de su escolta es el que tuvo que ceder su fusil por mí. Ya tenía el pelo blanco por entonces. Sé incluso su nombre, se llama Seydou Gadio. Y el otro, Ngagne Bass.

Maram se calló, como para darme tiempo a comprender lo que me estaba diciendo. Yo aún no sabía quién era Seydou Gadio. No me enteraría hasta el día siguiente, por boca de Ndiak. Seydou Gadio era el hombre que me había puesto un espejito delante de

165

la boca para comprobar si aún respiraba cuando me desmayé en Keur Damel, la aldea efímera del rey de Cayor. También estaba vivo gracias a su camilla improvisada para transportarme hasta Ben. Ndiak y yo ya sospechábamos que Estoupan de la Brüe nos había infiltrado a uno de sus espías en la escolta. Oírselo decir a Maram le daba a nuestra suposición una realidad tanto más dramática cuanto que anunciaba un aumento de su desgracia.

Mientras yo me entregaba a estos amargos pensamientos, Maram se levantó a oscuras. La oí caminar con ligereza y mover el gran abanico de juncos trenzados que cubría la abertura del cubo de agua de mar que había visto el día anterior, durante la tormenta, junto a la entrada de la cabaña. Oí enseguida un pequeño chapoteo, sin duda causado por los peces que se retorcían allí. Al mismo tiempo, el halo de aquella luz azulada y vaporosa que había perturbado mi sueño en mitad de la noche anterior, con lo irreal que me había parecido, aumentó muy poco a poco en el cielo de la cabaña. Gracias a aquella luz empecé a discernir la silueta de Maram; el contorno de su toga blanca reflejaba aquella luminiscencia.

De pronto caí en la cuenta. ¿Cómo no lo había pensado antes? Maram nos había dado la luz del mar. El agua del cubo difundía aquel halo entre azul y verde claro que ya había podido observar tres años antes en plena noche cuando viajé por primera vez en barco de la isla de Saint-Louis a la de Gorea. Me había refugiado en la cubierta para evitar el calor abrasador de la bodega en la que Estoupan de la Brüe me había

166

mandado instalar despreciando las leyes de la hospitalidad y de la humanidad, aun sabiendo que yo sufría de mal de mar. Mientras nuestro barco estaba fondeado a medio camino entre el continente y la isla de Gorea, había podido contemplar ese fenómeno de la naturaleza, descrito con frecuencia por los marineros habituados a cruzar la frontera de los trópicos. A veces, en zonas calurosas, el mar se ilumina desde el interior y parece poseer de pronto la extraña capacidad de dejarnos ver todos los tesoros ocultos en sus abismos. Y así fue como mi mal de mar desapareció al ver deslizarse, bajo la crujía del barco inmóvil, miles de formas tan destellantes como piedras preciosas cosidas en la trama de un tapiz de luz y engarzadas en filamentos de algas plateadas y doradas.

Que Maram hubiese recolectado aquella agua salada y fosforescente para iluminar su cabaña de noche aumentó la ternura que sentía por ella. Si bien no compartía su representación del mundo ni creía en la existencia de su *rab*, quimera de esas religiones arcaicas en que el ser humano y la naturaleza forman un todo, me exaltó la idea de que experimentásemos la misma atracción por las cosas bellas, aunque fuesen inútiles. Porque, si bien la luminiscencia proveniente del cubo de agua de mar iluminaba mucho menos que una vela y aún menos que una lámpara de aceite, era de una belleza conmovedora.

Maram y yo éramos sensibles a los misterios de la naturaleza. Ella para reconciliarse con ellos; yo para penetrarlos. Era una razón más para amarla, si acaso es cierto que la razón tiene algo que ver con el amor.

167

XXIII

Tan silenciosa y ligera como una pluma caída del cielo, Maram volvió a sentarse frente a mí, en la cama. Estaba muy emocionado por aquel detalle ingenuo que parecía haber querido hacerme al nimbarnos de aquella luz poética, aquel humo de cielo azul envuelto en noche. Y ya iba a decirle con mi precario wólof que sentía por ella una gran ternura cuando, interrumpiéndome, reanudó su historia.

Así que tuve que conformarme con ser para ella un simple oído atento. Maram se me estaba entregando en palabras y yo intentaba imaginarme por qué. Contarme la historia de su vida era una decisión, una elección, revelaba una predilección. ¿Era porque le resultaba extremadamente ajeno? ¿Hombre y blanco? A lo mejor estaba condenado a no ser más que un confidente de paso, algo efímero. Me sentía como un confesor de sus desgracias al que podía lanzar de un momento a otro por la borda, fuera de su vida, para librarse de ellas.

–Cuando nuestra piragua estuvo en tierra firme, el blanco desapareció y me dejó en manos de los dos guerreros, a quienes dio la orden de no conducirme al fuerte hasta que fuese noche cerrada, lejos de cualquier mirada. Mis dos guardianes me ataron al tronco de un ébano, cerca de la margen del río, y se sentaron a unos pasos de mí para fumar su pipa y beber unos buenos vasos de aguardiente. Aunque aquel momento se me antojó propicio para que mi *faru rab* viniera en mi ayuda, él no apareció. Supuse que aquel lugar estaba ya demasiado lejos de Sor como para que pudiese salvarme. Pero no me abandoné a la desesperación y continué buscando una manera de huir. Como Seydou Gadio y Ngagne Bass no me prestaban atención, intenté desatar la cuerda anudada a las muñecas, sentada en el suelo y con la espalda contra el tronco del árbol. A pesar de mis esfuerzos, no conseguí nada, y decidí entonces conservar mis fuerzas para estar lista para huir cuando se presentase otra ocasión.

»Durante el trayecto hasta el fuerte no hubo ninguna; tras una larga caminata, mis dos guardianes acabaron por meterme en una habitación húmeda, pintada de blanco, cerrada por una puerta de madera gruesa como no había visto en mi vida. Me quedé allí, acostada en el mismísimo suelo, en la semipenumbra, esperando.

»Al cabo de un ratito, una anciana abrió la puerta. Iluminándose con una vela, se me acercó tímidamente mientras repetía que no me revolviese, que no me enfadase. No me quería hacer ningún daño, me traía bebida, comida y algo para lavarme y vestirme. Una niña la seguía con una calabaza de cuscús de cordero y una vasija de agua fresca. Aquella misma muchacha, a la que apenas le veía la cara a la luz de la vela, después de comer y beber un poco, me quitó la toga manchada de tierra. La dejé hacer, estaba agotadísima. Y la anciana continuó hablándome mientras la pequeña me lavaba, me secaba e intentaba ponerme una ropa desconocida e incómoda que llamaban "vestido". Me pareció muy estrecha, y, como me llegaba hasta los pies, comprendí que entorpecería mis pasos. Aquel vestido, que me cubría gran parte del cuerpo, era de un tejido brillante con grandes flores de una especie que me resultó desconocida. Era un vestido prisión que me habían puesto para impedirme la huida.

»En cuanto estuve vestida, la anciana y la muchacha desaparecieron y volvieron los dos guerreros. Emprendimos la subida por una escalera de piedra donde estuve a punto de caerme varias veces de lo mucho que me costaba moverme con aquel vestido. En cuanto salimos del fuerte me echaron por encima, para ocultarme, la misma red de pesca que les había servido para disimularme en el fondo de la piragua unas horas antes. Luego, al ver que a causa de su peso, añadido al de mi nueva ropa, me tropezaba a cada paso, consideraron preferible, para avanzar más rápido, envolverme con ella para llevarme como un saco. Solo tenía dieciséis años y pesaba menos que ahora, pero eso no impidió que los dos hombres echaran pestes del rey de Waalo, que los había mandado a servir a aquel maldito blanco llamado Estoub.

171

Ellos no eran esclavos, sino guerreros. No veían la hora de volver al servicio de su rey para batallar. »Después de haberse insultado con profusión, acusándose el uno al otro de no haber cargado conmigo lo suficiente, se callaron de pronto. Yo no discernía nada en la negra noche, pero les oí anunciarle a un guardia, sin pararse, que traían un paquete que debían dejar en la habitación del blanco Estoub. Me pareció que subíamos, y sus pies empezaron a pisar un suelo que no rechinaba como la arena de las márgenes del río, sino que resonaba un poco como la piel de un tambor. A juzgar por sus movimientos y la ralentización de su marcha, habíamos entrado en un lugar donde debían encorvarse para avanzar. Acabaron por tirarme en un lugar oscuro y bastante reducido, sin quitarme la red que me aprisionaba.

»Durante un rato que me pareció muy largo, me quedé tumbada en aquel suelo de madera con un olor raro, perceptible a pesar del de pescado de mi red, cuyas mallas superpuestas me ahogaban.

»De pronto me sobresaltaron una agitación y unos gritos. Debía de haberme quedado dormida pese a la incomodidad de mi postura, porque me vi como inundada de luz. El suelo oscilaba debajo de mí, el ruido del agua me hizo comprender que estaba en una de esas inmensas piraguas construidas por vosotros, los blancos, los señores del mar. Quizá me llevaba más allá del horizonte, a ese lugar de donde los negros nunca vuelven. Estaba a punto de llorar; me parecía que estaba definitivamente perdida para mi aldea de Sor.

Maram se calló como para meditar sobre sus propias palabras. A veces, cuando volvemos a nuestro pasado y a nuestras antiguas creencias, nos caemos en presencia de un desconocido. Este desconocido no lo es tanto, puesto que se trata de uno mismo. Aun cuando esté siempre ahí, en nuestra mente, a menudo se nos olvida. Y cuando nos lo volvemos a encontrar a la vuelta de un recuerdo, observamos a ese otro nosotros, ya con indulgencia, ya con cólera, a veces con ternura, a veces con espanto, antes de que se volatilice de nuevo.

Le atribuí a Maram mis mismos pensamientos. Me imaginé que era posible que los concibiese al mismo tiempo que yo, como si en momentos graves y tristes algunas palabras tuvieran el don de otorgar idénticas ensoñaciones a dos interlocutores atentos. Por lo menos lo esperaba de todo corazón, porque amaba a Maram. Pero su relato me hizo temer que no correspondiese jamás mi amor. Yo pertenecía a la raza de sus opresores.

XXIV

En la semipenumbra de la cabaña no podía ver los ojos de Maram. Solo el contorno de su cabeza y de su busto, levemente luminiscentes. Me gustaba su voz suave y firme, que me llenaba el alma de su serenidad. Todos los idiomas, hasta los más adustos, son más suaves cuando los hablan las mujeres. Y para mí, el wólof, que me parece ya un idioma maravillosamente tierno, en boca de Maram era sublime.

Llegué a ese punto en el que había perdido de vista mi francés. Estaba inmerso en otro mundo y la traducción de las palabras de Maram en mis cuadernos, mi querida Aglaé, no puede reflejar los destellos de complicidad con que los salpicaba. Tal vez soñé que me hablaba en un idioma único, dirigido solo a mí, que no sería el de la simple comunicación de su historia a cualquiera. Notaba en su manera de hablarme un no sé qué de amical que me dejaba creer, pese a todas sus desgracias, que me distinguía del resto de los hombres, blancos o negros.

175

Esta intuición no aparece en el relato de Maram que te entrego, Aglaé, y te puedo asegurar que, si mi traducción de sus intenciones no es exacta, es porque las acompaño con todas las emociones contradictorias que siguen provocándome. Añado que el wólof posee una concisión de la que el francés carece y que lo que a veces Maram dijo en una sola frase fascinante que recuerdo con exactitud, me veo obligado a transcribirlo en ocasiones con tres o cuatro en francés. También es verdad que Maram no contó su historia exactamente como yo te la doy a leer. Pero, cuanto más escribo, más me vuelvo escritor. Si se me ocurre imaginar lo que le ocurrió cuando he olvidado lo que me dijo con exactitud, eso no es una mentira. Porque me parece justo pensar que solo la ficción, la novela de una vida, puede dar una auténtica idea de su realidad profunda, de su complejidad, iluminando opacidades, en gran parte indiscernibles para la misma persona que la ha vivido.

Maram continuó contándome su triste historia y yo la narro en una lengua que nos es común, mi querida Aglaé, pero que me separa de mi amor de juventud. Aquí viene la continuación de lo que me aseguró que le sucedió en el barco de Estoupan de la Brüe y que cuento con mis propias palabras.

—La puerta del sitio donde estaba se abrió y oí que se me acercaban. Me empujaron con un pie. Era el blanco Estoub. Yo no lo veía, pero vociferaba entre dientes en ese idioma de pájaros vuestro. Parecía furioso y volvió a marcharse enseguida cerrando de un portazo. Poco después entró otra persona y se puso a quitarme la malla de pesca en la que estaba enredada.

»La tarea no fue sencilla y la llevó a cabo la anciana que se había ocupado de mí en el fuerte de Saint-Louis. Cuando me hubo desenredado un poco pegó un grito. Le había asustado mi cabeza. Las mallas de la red se me habían incrustado en la carne de las mejillas y de la frente hasta el punto de que parecía que la mitad de mi rostro estuviese cubierta de escarificaciones rituales en forma de escamas de pez. Yo no me veía, pero comprendí, por el discurso de la anciana, que mi belleza había desaparecido y que incluso me había vuelto repugnante. Yo tenía los ojos hinchados, llenos de las lágrimas que me aguantaba desde que había salido de la piragua de mis raptores, y el pelo enmarañado me debía de apestar a pescado. El tejido del vestido que me habían puesto la víspera estaba lleno de manchas que cubrían todos los estampados de flores que lo decoraban.

»La anciana, que se me presentó con el nombre de Soukcyna, se echó a llorar mientras me desvestía. Repetía: "Pobre hijita mía, ¿qué te han hecho?", en un tono tan lastimero que a punto estuve de deshacerme en llanto. Pero me aguanté porque no quería mostrar ningún signo de debilidad. Aquella mujer de piel arrugada como la de un viejo elefante era sirvienta del blanco Estoub. Me había preparado, lavado y alimentado el día anterior para ofrecerme a su señor en buen estado. Yo aún era muy joven, pero había comprendido que en el nuevo mundo en el que me habían hecho entrar a la fuerza estaba destinada a dar placer al amo blanco que me había comprado a cambio de un fusil. Y mi tío le había enseñado en qué podía emplearme. La vieja Soukeyna quizá también llorase por su propia suerte, previendo que Estoub estaría muy descontento de no poder gozar de mí tan pronto como esperaba.

»Ignoro qué descripción de mí le hizo a Estoub, pero este último me dejó tranquila seis días en los que pude recuperar fuerzas gracias al reposo, a los cuidados y a la abundante y variada comida que la anciana me traía mañana y tarde. Me había lavado de arriba abajo desde el primer día y me había indicado el lugar de la habitación oculto por una pequeña empalizada de madera donde podía hacer mis necesidades: una especie de silla con un agujero bajo la que colocaban un cubo que ella misma retiraba dos veces al día para arrojar el innoble contenido al mar.

»Los tres primeros días dormí como una marmota y no me desperté más que cuando Soukeyna venía a ocuparse de mí. Le dedicaba atenciones especiales a mi rostro y creí adivinar que, cuando anunciaran su completa restitución, Estoub vendría a visitarme. Había tomado la decisión de no hablarle a aquella mujer, que no parecía descontenta de mi silencio, como si temiese lastrar con una nueva carga de remordimientos (el colmo quizá) su vieja memoria.

»El cuarto día, un poco repuesta, dormí muy poco. Me fijé en que un poco de luz atravesaba una tela gruesa en la parte superior de la pared donde se apoyaba mi cama. Había oído las olas detrás de aquella pared y supuse por el balanceo del *bateau*, como lo había llamado Soukeyna en francés, que estábamos en alta mar. Me cercioré cuando, de rodillas en la cama, levantando la tela que tapaba un trozo de plancha que conseguí que se deslizara, me dio en toda la cara un chorro de agua salada. La piel me escoció, porque mis heridas apenas se acababan de cerrar, pero aquella entrada de aire marino en el cuarto donde llevaba varios días encerrada me hizo bien. Respiré a pleno pulmón y aquel ejercicio, que fui repitiendo desde ese momento a todas horas del día y de la noche, me devolvió el valor.

»Con un poco más de luz podía explorar aquella habitación, que estaba lejos de ser más grande que esta cabaña en la que nos encontramos, Adanson. Sin duda era allí donde el blanco Estoub dormía cuando cogía el barco para ir a visitar a su hermano en Gorea desde la isla de Saint-Louis, según me había contado la vieja Soukeyna. Además de mi cama, una mesita y un enorme baúl, no vi nada más en aquel sitio, que debían de haber vaciado de otros objetos antes de encerrarme.

»Me había fijado en que la vieja Soukeyna abría por la mañana el baúl para sacar ropa que debía ir a llevar acto seguido a Estoub, pero lo cerraba con llave, con tanto cuidado como la puerta de entrada de la habitación donde me tenían prisionera. Aquel baúl de madera era grande, forrado de cuero oscuro; los montantes estaban reforzados con clavos brillantes de cabeza abultada, en fila unos muy cerca de los otros.

»Sin embargo, el sexto día, Soukeyna olvidó cerrarlo con llave. En cuanto se fue, deslicé la plancha de madera que abría mi prisión al mar para tener más luz. Iluminado por el sol, el cuero del baúl me pareció menos oscuro. Tenía un olor dulzón, como de flor. Me arrodillé delante y levanté la pesada tapa.

»Al principio no vi más que un amasijo de telas blancas: ropa interior, camisas, calzones como los suyos, Adanson. Al no encontrar nada interesante, iba a cerrar el baúl por miedo a que Soukeyna me sorprendiese husmeando cuando de pronto decidí vaciarlo del todo para asegurarme de que no había nada útil. Bajo la ropa blanca de Estoub apareció primero un bastoncito de hierro bañado en oro rematado por un cristal redondo que creí poder hurtar sin que se diesen cuenta. Luego, una cuerda lo suficientemente larga como para, usándola junto con el objeto anterior, favorecer quizá el plan de evasión que empezaba a tomar forma en mi mente.

»Ya casi había puesto fin a mis pesquisas cuando noté bajo la mano un tacto extraño. Aquello no era una tela. Disimulada bajo una larga túnica de Estoub, palpé a ciegas una especie de superficie suave, un poco oleosa, ligeramente irregular. Aparté los últimos trajes de Estoub y lo que descubrí me dejó atónita.

»Tapizando justo el fondo del baúl y doblada con precisión en siete pliegues se encontraba la piel de mi *rab*, de mi demonio guardián. Era de un color negrísimo con rayas amarillas claras con el mismo dibujo que la tela que vestía cuando se me apareció en sueños, justo antes de metamorfosearse en una boa gigante. Creí que me moría de alegría y gratitud. ¡De modo que mi *rab* no me había abandonado! ¡Me seguía protegiendo a pesar de lo lejos que estábamos de Sor! Nada podría quitarme de la cabeza la idea de que mi descubrimiento no se debía a una casualidad. Mi *rab* no estaba muerto, vivía en mí y sobreviviría gracias a él.

»Poco importaba cómo había obtenido Estoub aquella inmensa piel de boa. Quizá se la había regalado uno de nuestros reyes para demostrarle que los animales de Senegal podían ser monstruosos. Quizá la había cazado él mismo o se la había comprado a otro cazador. Apretujada en el fondo de su baúl ropero, quedaba claro que Estoub la valoraba lo suficiente como para cuidar de que no se secase ni perdiese sus colores. Pero yo tenía más derechos que él sobre aquella piel de boa. Él seguramente solo la iba a usar para fingir que había cazado y matado a un monstruo, mientras que para mí aquella piel albergaba un alma hermanada a la mía. La saqué del baúl y la enrollé bien dándole varias vueltas con la cuerda que había encontrado en el mismo sitio. Bajo mi cama había espacio suficiente para guardar la piel de mi *rab*, y tuve la precaución de dejar colgar la sábana hasta el suelo para esconderla de la vista de Soukeyna.

»Luego me dediqué a ordenar la ropa del baúl esperando que la anciana no se diese cuenta de que lo había revuelto. Cuando volvió para cerrarlo con llave no se molestó en abrirlo para comprobar su contenido, y yo me hice la dormida.

»El séptimo día de navegación, a primera hora de

la tarde, Soukeyna me anunció que estábamos cerca de la isla de Gorea y que aquella misma noche Estoub vendría a verme. Me trajo un bonito vestido del color nacarado y cambiante de un molusco al sol. Fingí coger con placer el vestido, algo que animó a Soukeyna a recomendarme que intentase ser amable con Estoub. La vieja añadió que solo podía salir beneficiada de agradarle. Si era de su gusto, me convertiría en su concubina principal en Saint-Louis y, con habilidad, podría hacerme lo bastante rica como para no necesitar de ningún protector una vez que él volviese a Francia o muriese. Gracias a las riquezas que le habría sacado, podría comprarme el marido que quisiera y, por qué no, vengarme cruelmente de la persona que me había vendido a Estoub.

»Dejé que hablase de lo que le viniera en gana, puesto que, fortalecida tras descubrir que mi *rab* seguía velando por mí, en posesión de su piel, estaba convencida de que la vida de concubina que Soukeyna me auguraba no iba a darse. Yo no había nacido para ser la esclava de Estoub ni de nadie, y si un día lograba vengarme de mi tío no sería gracias a las riquezas que mi belleza le hubiera arrancado a un blanco.

»Asintiendo imperceptiblemente como para darle a entender, aunque no mucho, a Soukeyna que empezaba a aceptar lo que se esperaba de mí, me enfundé una especie de calzón de tela blanca que acababa en las rodillas y que tenía la entrepierna descosida adrede. Luego me ayudó a ponerme el vestido color molusco, de tal manera que adiviné que deseaba facilitarle a Estoub el trabajo de quitármelo. No anudó los lacitos de la espalda, cosa que luego me fue de gran ayuda.

»La vieja, poco después de ponerse el sol, volvió con unas *bougies*, siete, que encendió y colocó en un gran plato sobre la mesita cerca de la cama, a la que ella le había cambiado los *draps*. Me dio consignas de, según sus propias palabras, *femme d'expérience*. Sin duda, había sido concubina de un blanco en su juventud.

»Soukeyna debía de haberle prometido la luna a Estoub, porque llegó sonriendo con aquella dentadura horrenda cuando entró en plena noche en la habitación donde llevaba siete días prisionera. Pero su sonrisa no atenuaba la crueldad de sus ojos, de modo que, esperándolo tumbada en la cama, como me había ordenado Soukeyna, tuve la misma impresión que la primera vez que cruzamos miradas. Parecía a punto de devorarme.

»Estoub llevaba una especie de sombrero de algodón blanco atado bajo la barbilla y una gran camisa del mismo color. A la luz de las velas, su cara enrojecida iba cubriéndose poco a poco de manchas de sangre que afluían bajo su piel. Se puso a balbucir palabras incomprensibles mientras tendía las dos manos hacia mis pechos. Pero cuando se inclinó sobre mí para agarrármelos le asesté de repente un violento golpe en la sien izquierda con el objeto de hierro bañado en oro que había sacado de su baúl, y que tenía escondido en la mano derecha bajo un pliegue del vestido. Mientras estaba aturdido me dio tiempo a replegar las piernas bajo su cuerpo y a estirarlas súbitamente para patearle el pecho con las plantas de los

183

pies. Mi *rab* debió de prestarme su fuerza en aquel instante, puesto que la cabeza de Estoub fue a estrellarse contra el techo, que tampoco era muy alto, y se desplomó inconsciente junto a la cama.

»Mi primera preocupación, antes incluso de quitarme aquel vestido, fue mover el cuerpo inerte de Estoub para recuperar la piel de mi *rab*-serpiente, que había escondido bajo la cama. Una vez desnuda por completo, me até a la cintura la cuerda que envolvía el rollo de piel de mi tótem. Lo cogí entre los brazos y, después de soplar las siete velas, entreabrí la puerta de mi prisión, que Estoub no había cerrado al entrar. Daba a un pasillo terminado en tres escalones. Temiendo que el ruido de la tremenda caída de Estoub hubiese llamado la atención, esperé un instante y luego corrí tan rápido como pude hacia la escalera, que subí a toda prisa. El rollo de piel de mi *rab* no entorpeció mi carrera. Era ligero y yo tenía la impresión de ir volando.

»Me vi de nuevo al aire libre casi al instante, y aunque estaba lista para enfrentarme a cualquiera que se me pusiera delante, Soukeyna o algún marinero, o incluso uno de los guardias de Estoub, no me encontré con nadie. Se diría que el barco estaba desierto o que había yo adquirido milagrosamente la facultad de ser invisible e inaudible.

»Me escondí detrás de una especie de fardo enorme junto a una de las bordas del barco. Contemplé el cielo; a juzgar por la posición de las estrellas, faltaba mucho para el amanecer. La luna estaba negra, pero pude percibir a mi derecha la sombra de una isla que

184

debía de ser Gorea. A mi izquierda, enfrente, una gran masa de tierra sombría bloqueaba el horizonte. Pero lo que me asombró fue el extraño estado del mar. Centelleaba desde dentro. Irradiaba un velo de luz opalescente que me dio la impresión, cuando bajé por la escalerilla atada al lateral izquierdo del barco, de que el mundo estaba patas arriba. Iba a sumergirme en un cielo líquido, profundamente luminoso y abierto, mientras abandonaba un lugar cerrado, prisionera de una pesada oscuridad.

»No me daba miedo hundirme en aquel mar semejante a un cielo invertido; como todos los niños de Sor, había aprendido a nadar en una charca situada cerca de la aldea. Con una mano pegada a la piel enrollada de mi genio protector, que, como esperaba, flotaría durante el tiempo suficiente antes de empaparse de agua, me puse a nadar hacia la tierra de Cabo Verde. Se me antojaba mucho más oscura por contraste con el mar traslúcido y fosforescente a un tiempo. Pero, por fortuna, nadie me vio desde el barco en el agua, que era el único lugar donde podía esconderme.

»Protegida por mi *rab*, no me atacaron los tiburones que infestan esta costa para alimentarse de la carne de los esclavos lanzados al mar cuando están enfermos o cuando intentan huir a Gorea a nado. No sé qué tributo le ofrecería mi genio protector al genio del océano para salvarme de ellos, pero una fuerte corriente me transportó con rapidez hasta tierra firme.

»De repente, el mar se apagó para confundirse con la noche. El ruido de las olas rompiendo lentamente contra la orilla se hizo oír. La gran muralla oscura de un bosque se aproximó con suavidad mientras la piel de mi tótem empezaba a hundirse en el agua y a arrastrarme con ella. Prisionera por un breve instante del burbujeo de la espuma, noté bajo mis pies la arena. Y, a pesar de las rocas cortantes que protegían la playa, y que podrían haberme despedazado, tuve suficientes fuerzas para, tirando de la cuerda que nos mantenía atados, salvar a mi *rab* del mar que lo engullía.

»Me desplomé en la arena de una playita muy cercana al gran bosque que había atisbado desde el mar. Algo recompuesta, me apresuré a ponernos a cubierto a mi *rab* y a mí entre sus primeros árboles. Y antes de penetrar en él tuve la sensación de que me adentraba en un mundo vegetal tan peligroso como el del mar. Dándome entonces la vuelta hacia la orilla de arena clara que acababa de abandonar, me pareció como una frontera raquítica entre dos océanos distintos, ahora igual de tenebrosos tanto uno como otro.

»Antes de avanzar un poco más, observé el horizonte y no distinguí ni el barco de Estoub ni la isla de Gorea. Sin duda, las corrientes me habían transportado más lejos de lo que esperaba a lo largo de la costa. Pero tenía miedo de que Estoub, si no había perdido la vida a causa del golpe recibido en la cabeza, hubiese encontrado la manera de lanzarse en mi persecución. De modo que me escondí detrás de un árbol, en la linde del bosque, para esperar a que amaneciera sobre el océano.

»El mar estaba desnudo igual que yo; su piel gris y extrañamente lisa temblaba, rozada a veces por las alas de grandes aves blancas que vigilaban desde el cielo los bancos de peces invisibles. Sus plumajes captaban y reflejaban los tintes rosas y dorados de la aurora. Sus fuertes chillidos tapaban casi el canto estruendoso y regular del mar.

»Finalmente me coloqué el rollo de piel de mi tótem en equilibrio sobre la cabeza para tener las manos libres y me interné en el bosque. Tenía hambre y sed, pero no dejé de caminar. Al principio lo más rápido que me fue posible, luego un paso tras otro, al límite de mis fuerzas. Cerca de la aldea de Sor sabía dónde encontrar frutos para alimentarme, y el río o una charca cercanos donde refrescarme, pero allí, en aquel bosque de ébanos cada vez más profusos a medida que avanzaba, había perdido las referencias y estaba sin recursos. La cabeza me daba vueltas, me temblaban las piernas, era presa de vértigos, pero no podía detenerme. Tenía que poner la mayor distancia posible entre el barco de Estoub y yo. El calor que subía de la tierra húmeda del bosque cuanto más se elevaba el sol en el cielo acabó por vencerme y tuve la fuerza justa para echarme encima la piel de mi *rab* antes de desplomarme al pie de un árbol.

XXV

Maram se calló una vez más, como para darme tiempo a digerir sus palabras, a que me impregnara de su historia. Parecía tranquila mientras yo meditaba sobre la coincidencia que quizá me hubiera hecho viajar sin saberlo en el mismo barco que ella, el de Estoupan de la Brüe, tres años antes. ¿Era posible que no la hubiese visto mientras tomaba el aire en la cubierta la noche en que se había zambullido en un mar luminoso para nadar hacia la tierra de Cabo Verde? Nos iluminaba débilmente el agua de mar luminiscente del cubo donde danzaban los peces que oía desplazarse con suavidad. ¿Por qué iluminaba así su cabaña Maram? ¿Era en recuerdo de su huida del barco de Estoub, como llamaba al director de la Compañía de Senegal? No me atrevía a hacerle preguntas. Imaginaba que las respuestas aparecerían en la continuación de su historia y, en efecto, no tardaron en surgir, increíbles, inesperadas, violentas.

—Me sacó de la semiensoñación en la que flotaba —prosiguió Maram— una mano callosa que noté como se posaba ligeramente en mi frente. Entreabrí los ojos y vi, inclinado sobre mí, el rostro arrugadísimo de una anciana que en un principio tomé por el de Soukeyna. Pegué un grito, pero me tranquilizó una voz temblorosa. Con una gran sonrisa que dejaba a la vista el único diente que le quedaba, la anciana me dijo que se llamaba Ma-Anta. Me había visto en sueños las siete noches anteriores y yo iba a convertirme en su hija secreta. Me ocuparía de ella hasta el día en que partiera y luego la sustituiría.

»No comprendí el sentido de sus palabras. Me resultaba asombroso que pretendiese que la cuidara cuando estaba a punto de morirme de agotamiento. Pero Ma-Anta no dejaba de repetir que me había visto en sueños, que era su hija oculta, su hija de longevidad.

»Yo había cerrado los ojos cuando me pasó la mano por la nuca para levantarme la cabeza y humedecerme los labios resecos con unas gotas de agua. Me tendió, súbitamente silenciosa, pero sin dejar de sonreír, un trozo de caña de azúcar y me indicó con un gesto que lo chupase. Sorbí a fondo el líquido para reunir fuerzas y levantarme. Como seguía acuclillada junto a mí sin moverse, entendí que no podía levantarse sola de lo vieja que era. Pero no parecía preocupada, siempre sonriente, esperando a que la ayudase a ponerse de pie. Cuando lo hice, me sorprendió su ligereza. No pesaba más que un niño.

»A decir verdad, Ma-Anta parecía haber regresado a una infancia alegre, porque no dejaba de reírse de todo. Me ordenó que cogiese un gran bastón que tenía a sus pies forrado de cuero rojo e incrustado de cauris al que se refirió como "hermanito" tronchándose de la risa. Y, ahogándose de risa, me dio la espalda para ponerse en marcha, renqueante, encorvada, lenta como un escarabajo que subiese una duna de arena del desierto de Lompoul.

»La seguí, con el rollo de piel de mi tótem-serpiente sobre la cabeza, intentando imitar el ritmo de sus pasos, tan lento que tenía la sensación de ir pisando huevos. Me venían a la mente un montón de preguntas. ¿Cómo una mujer tan vieja y débil había podido encontrarme allí, en medio de la nada, en el bosque de ébanos donde llevaba horas vagando? ¿De dónde venía o adónde me llevaba? Aquella Ma-Anta, ¿era una persona real o una creación de mi mente, uno de aquellos personajes de cuento que surgen como por azar cuando todo parece perdido? A lo mejor aún estaba tumbada, moribunda, al pie del árbol donde había caído extenuada. A lo mejor Ma-Anta no era sino la sombra de un último consuelo que me ofrecía mi *rab*, mi genio protector, en aquel bosque tan alejado de nuestra aldea de Sor y de nuestra familiar sabana.

»Si mi mente tuvo la tentación de confundirme sobre la realidad de aquella situación improbable en que seguía los pasos de una vieja flotando en unos ropajes color tierra ocre, mi cuerpo sufriente me llamó al orden de la vida. No, ya no estaba moribunda, ya no tenía la nuca apoyada en la raíz de un ébano. Ahora estaba de pie, y estaba muerta de hambre y so-

191

bre todo de una sed terrible. Pero no tenía derecho a quejarme, ni siquiera a suspirar lo más mínimo, porque Ma-Anta, que iba por delante, debía de sufrir más que yo. Me pareció que cada uno de sus pasos le exigía un esfuerzo inmenso.

»La cabeza rematada con un gorro puntiagudo del mismo tejido ocre y grueso que el de su túnica, el cuello estirado hacia el suelo, Ma-Anta dejaba en la polvareda, tras ella, un rastro ininterrumpido que me indicó que arrastraba el pie izquierdo. Dejamos atrás, imperceptiblemente, el bosque de ébanos para entrar en un bosque de datileras y palmeras que nos protegían menos del sol. Pero Ma-Anta no variaba el ritmo de su marcha, siempre lentísima. Yo la seguía apretando los dientes, contenta de que no avanzase más deprisa, visto cómo se me agotaban las fuerzas. Pensé que había previsto, quizá desde el principio de nuestro trayecto, que acabaría por no ser capaz de seguirle el paso.

»Antes incluso de conocerla, me parecía que había una especie de enseñanza, un pensamiento a meditar, en cada uno de sus actos y de su buen hacer conmigo. Había optado por callarse, ella, que parecía tan charlatana cuando nos conocimos, y andar sin levantar la mirada del camino. Me sentía impelida a imitarla en todo, incluso arrastrando la pierna izquierda, poniendo los pies donde habían estado los suyos hasta el punto de creer que, si hubiese tenido fuerzas para girarme, no habría podido distinguir sus huellas de las mías en el suelo.

»Igual que un tamboreo continuo nos pone en trance, me explicó Ma-Anta (esta fue su primera lección), una larga caminata a un ritmo inmutable borra todo el dolor del cuerpo. Y así fue como, saliendo de golpe de mi letargo ambulante, obedeciendo una señal tal vez enviada por mi *rab*, preocupado por mí, la noche cayó y seguí caminando detrás de Ma-Anta por el bosque de datileras y palmeras en el que nos habíamos adentrado cuando aún era de día.

»Ya iba a echarme a llorar, porque desde que había vuelto en mí, el cuerpo se me había erizado de nuevo de dolores, cuando de pronto Ma-Anta se detuvo. Un león y una hiena estaban tendidos en medio del camino, y si su olor tremendamente nauseabundo, mezcla acumulada de sangre y vísceras de todas sus presas, no me hubiese cerrado la garganta, habría creído que seguía prisionera de un sueño dentro de un sueño.

»El león y la hiena, aquella extraña pareja formada por dos animales enemigos, se quedaron inmóviles, sin dignarse a mirarnos. Cuando Ma-Anta reanudó la marcha, aquellas dos fieras, que deberían haberse abalanzado sobre nosotras para despedazarnos, nos cedieron el paso y nos escoltaron hasta su cabaña en la aldea de Ben.

»Ma-Anta era curandera y fue ella quien completó mi iniciación. Forjó a la mujer en la que me he convertido. Me explicó quién era mi *farub rab*, cómo debía convivir con él, evitar ofenderle y que tuviera celos de mí. Ma-Anta me reveló qué ofrendas debía hacerle para que no se separase de mí. Me enseñó a cuidarle la piel para que no perdiese sus bellos colores negro profundo y amarillo claro.

»Llegué a Ben hace tres estaciones de lluvia, y el influjo de Ma-Anta sobre los aldeanos era tan grande que estuvieron dispuestos a creer que se había integrado en mi cuerpo y había abandonado el suyo a la vejez. Como ya no salía de su cabaña, era yo quien atendía en el patio de su parcela, escondida bajo la piel de mi tótem, maquillada como si fuese ella y también renqueante, a los aldeanos que venían a que los curase.

»Al principio volvía a la cabaña y le contaba con exactitud las peticiones de los aldeanos a Ma-Anta, echada en la cama. Ella me enseñó a escuchar. Me repetía con frecuencia que los primeros remedios hay que buscarlos en las propias palabras de quienes exponen los síntomas de su enfermedad. Los extractos de plantas que me señalaba con un dedo no tendrían ningún poder curativo si no estuviesen rellenos de palabras que curan, puesto que el hombre es el primer remedio del hombre.

»Con estas tiernas palabras me curó Ma-Anta de mis heridas invisibles, ya que, también me lo repitió, hay que curarse a uno mismo antes de pretender sanar a los demás. Pero diría que Ma-Anta no me curó del todo, porque, poco después de su partida, me sobrevino el recuerdo de todo el dolor que le debía a mi tío. Y aunque día tras día, noche tras noche, luchaba por librarme de aquella idea, y a pesar del consejo de mi *rab,* que se oponía a ello en mis sueños, decidí vengarme de él.

Maram había expresado su deseo de venganza con una voz tan dulce y serena que creí haberla oído mal; no casaba, así en un murmullo, con la firmeza de alma que revelaba aquel relato terrible de su vida. Yo tenía veintiséis años y tenía fe en la filosofía de mi siglo. Para mí, lo que Maram llamaba *faru rab* en lengua wólof no era más que una quimera. No ponía en duda la existencia de la boa, cuya piel debía de tener cerca de veinte pies, es decir, un poco más de seis metros en la nueva unidad de medida imperial. Había incluso oído decir a algunos negros que cerca de Podor, una aldea junto al río Senegal, existían especímenes de cuarenta pies, capaces de engullir un buey. Pero lo que no podía admitir, en virtud de mi representación del mundo, que consideraba superior a la suya, era que Maram atribuyese poderes místicos a aquel animal y se imaginase que velaba por ella. Pero ahora, mientras vuelvo a transcribir su historia esforzándome por recordar lo que me dijo en wólof, no estoy tan seguro de que mi razón siga tan triunfal como entonces. Y esto se debe a algo, mi querida Aglaé, que vas a descubrir enseguida en la continuación de mis cuadernos.

XXVI

Yo no compartía las creencias de Maram, que consideraba supersticiosas, pero habría compartido mi vida con ella de buen grado. ¿Podríamos haber vivido felices juntos? ¿No me habría sentido tentado de hacer que le resultara aceptable a mi entorno sustituyendo sus certezas por las mías si me hubiera casado con ella? Para que el mundo de donde vengo me perdonase haberme casado con una negra, ¿no habría deseado arrancarle su piel de serpiente, enseñarle a hablar francés a la perfección e instruirla con celo en los preceptos de mi religión?

Aunque su belleza negra y su representación del mundo, indisociables de su persona, hubiesen sido el origen de mi amor por ella, es posible que mis prejuicios me llevaran a desear «blanquearla». Y si Maram, por amor a mí, hubiese consentido en volverse una negra blanca, no estoy seguro de que la hubiera seguido amando. Se habría vuelto una sombra de sí misma, un simulacro. ¿No habría acabado echando de menos a la auténtica Maram, como la echo de menos hoy, cincuenta años después de haberla perdido? Estas preguntas sobre los desenlaces de una posible unión con Maram no me las formulaba entonces con tanta precisión como te las escribo ahora, Aglaé. Tal vez habrían eclosionado si mi existencia hubiese emprendido el camino que mi amor profundo por ella me instaba a tomar. Maram tuvo más influencia sobre mí de lo que yo me imaginaba. Si te he escogido antes de mi muerte inminente, Aglaé, como muda confidente, es para curar las heridas de mi alma por medio de palabras remedio.

Después de decirme con su dulce voz que había decidido vengarse de su tío, Maram reanudó su relato a la luz vacilante que nos iluminaba. Se mantenía completamente inmóvil y me vi obligado a aguzar el oído para oírla. Era como si le diera vergüenza levantar la voz.

—Empecé a pensar en mi venganza después de la partida de Ma-Anta.

»Una mañana, Ma-Anta me anunció que había llegado la hora de que partiese hacia el bosque donde me había encontrado maltrecha. Desapareció en él. Inútil buscar su cuerpo. Su última voluntad fue que fuese a recoger su bastón místico siete días después de su marcha en un lugar que no me iba a indicar. Yo debía ingeniármelas por mi cuenta para encontrarlo. Pero debía estar tranquila, sería sencillo: bastaría con que siguiera sus huellas.

198

»Por más que le supliqué que no me abandonase, por más que le repetí que no había terminado de enseñarme sus secretos, se negó a escucharme. Dijo "no" con la cabeza, siempre sonriente, dejando a la vista sin pudor su único diente, último vestigio de una larga vida misteriosa de la que nada me había desvelado. "Ahora ya sabes más que yo", me decía cada vez que intentaba impedir su partida.

»Y al amanecer de un día triste, tras haberme indicado cuándo debía colgar pescado en el tejado de su cabaña para el león y la hiena, sus dos *rab*, se fue. Bañada en lágrimas, la seguí con la mirada hasta que desapareció detrás de las primeras datileras del bosque de Krampsanè. Sin ella, mi aliento de vida disminuyó, no era más que un cuerpo sin alma. Me habría gustado que posase de nuevo su mano ligera sobre mi cabeza para bendecirme, como todas las mañanas cuando me arrodillaba ante ella.

»Siete días después, tal y como me había ordenado, salí a buscar a su "hermanito". Lo encontré bajo un ébano. No había sido difícil, solo tuve que seguir el rastro del bastón, que había ido arrastrando por el suelo (pese al tiempo transcurrido desde su partida, aquel rastro no se había borrado). Seguí sus pasos uno por uno, sintiendo sus esfuerzos para avanzar bajo el sol y bajo la luna, imaginando como consagraba sus últimas fuerzas a su viaje sin retorno.

»De regreso a Ben con el bastón místico de Ma-Anta, volví a pensar en Baba Seck. Era mi pasado, tan doloroso como una llaga purulenta. La vieja curandera ya no estaba allí para ayudarme a borrar de mi memoria el instante fatal en que mi tío intentó invadir el interior de mi cuerpo de muchacha como si fuese el de una mujer hecha y derecha y consintiente. Volvió mi cólera, semejante a esas olas, siempre más henchidas de cólera en los días de tormenta, que pulverizan, dispersan y lanzan hasta el cielo las piraguas más pesadas.

»Una imagen de él me obsesionaba. Lo veía huyendo con el fusil en la mano, el que Estoub había mandado que le diesen a cambio de mí, sin echarme una última mirada, como si le asquease. Me asediaba a todas horas aquel recuerdo que me destruía la mente. Seguramente me arrepentiría de no escuchar la voz de mi *rab*, que me susurraba que perdonase todo el daño que mi tío me había hecho, pero, aun así, tomé la decisión de castigarlo.

»Aquí había un hombre que no me negaría su ayuda, porque yo había salvado a su hija de la muerte. Senghane Faye era joven e intrépido. Me parecía capaz de ir a comunicar palabra por palabra a la aldea de Sor lo que yo le ordenase decir. Quería que mis palabras atormentasen a mi tío con el mismo grado de dolor moral que el que él me había infligido. Hay palabras que curan y hay otras que pueden matar a fuego lento. Mi tío sería el único en comprender el sentido de lo transmitido por Senghane. Por miedo a que se descubriese la verdad, a que lo alcanzase la vergüenza, intentaría borrarme del mundo para que la historia que sin duda habría inventado sobre mi desaparición continuase siendo verdadera. Mi amenaza de que la desgracia se abatiría sobre la aldea si alguien se acercase a mí lo atraería a Ben como la luz a las polillas. No se me ocurrió que otras polillas, como usted, Michel Adanson, vendrían a quemarse las alas en mi casa.

Me ruboricé al oír mi nombre dentro del relato de Maram. Entraba en su historia de una manera poco gloriosa. Me había invitado a mí mismo a una pieza teatral en la que jamás debería haber desempeñado ningún papel. Quizá mi curiosidad había desbaratado el plan de venganza de la joven contra su tío. Pero me gustó cómo había pronunciado mi nombre y mi apellido. Había sonado algo así como «Missela Danson», como si aquella manera tan particular y dulce de pronunciarlos, con el acento de su lengua wólof, me advirtiera de un principio de afecto por mí, quizá involuntario por su parte.

–Al principio –continuó Maram–, pensé que le había enviado mi tío o Estoub, pero eso era imposible porque, a menos que no fuese usted un hombre insignificante a sus ojos, ninguno de los dos podía haberle contado su tentativa de violación. Tuve dudas cuando vi en su escolta a Seydou Gadio, el guerrero de Waalo que acompañaba a Estoub el día en que mi tío me cambió por su fusil. Pero este Seydou Gadio no puede haberme reconocido disfrazada así…

Maram no terminó la frase. Vi en la penumbra azulada que nos iluminaba como se ponía de pronto en pie y luego se iba a un rincón oscuro de la cabaña

201

donde ya no podía verla. Agucé el oído y fui a levantarme a mi vez cuando ella me susurró que no me moviese bajo ningún pretexto, viese lo que viese. Su orden, aunque murmurada, fue tan imperiosa que la obedecí a rajatabla, y creo que dijo bien, porque de lo contrario habría perdido la vida aquella noche en la cabaña.

Me quedé completamente inmóvil, tal y como ella me había ordenado. Todo me parecía normal en el exterior de la cabaña. La noche en Senegal es un concierto discordante de gritos, gemidos, aullidos de animales pequeños y grandes, cazando o siendo cazados, que uno acaba por no oír cuando se acostumbra. No percibía nada extraño tras este formidable fondo sonoro hasta que creí oír los últimos pasos de una carrera precipitada. Y, acto seguido, alguien abatió la estera que cubría la entrada de la cabaña asestándole dos o tres golpes tan violentos que la habitación entera pareció temblar. Deslumbrado por la luz de una lámpara que en un principio me pareció encendida, porque mis ojos se habían acostumbrado a la penumbra, fui viendo como se recortaba ante mí la sombra de un hombre de gran estatura que dio un paso adelante y se detuvo. Y creí reconocer a Baba Seck.

El tío de Maram sostenía en la mano izquierda una lámpara de aceite de llama vacilante que paseaba delante de sí para inspeccionar el interior de la cabaña. Aferraba en la mano derecha un fusil con adornos de plata que relucían tenuemente. Me miró con ojos apagados. Tenía un aspecto extenuado. Él, que siempre me había recibido bien arreglado, emperifollado, con la perilla blanca bien cortada, iba desgreñado, en harapos, descalzo, lleno de polvo rojo hasta media pierna.

Después de habernos inoculado el veneno de la curiosidad contándonos la historia de la aparecida, Baba Seck debía de habernos seguido a Ndiak y a mí a lo largo de nuestra travesía desde Saint-Louis hasta Cabo Verde. Desafiando mil peligros para no perdernos de vista, debía de haber recorrido el desierto de Lompoul, parando en Meckhé, en Sassing y en Keur Damel. Debía de haber atravesado, como nosotros, el bosque de Krampsanè y se habría escondido finalmente en las lindes mientras Maram me curaba. Daba la sensación de llevar varios días escaso de provisiones.

–¿Dónde está? –me preguntó de pronto con voz ahogada.

Dudé de si pedirle que concretase a quién se refería. Aquella respuesta habría estado fuera de lugar. Los dos sabíamos que Baba Seck hablaba de Maram. Ella estaba en el corazón de nuestras vidas. Como me quedé en silencio, se distrajo con el ruido del chapoteo proveniente del cubo que había en la entrada de la cabaña. Dejando de prestarme atención, puso la lámpara en el suelo y dio un paso de lado para asomarse sobre el cubo. Y, mientras escrutaba la superficie del agua para intentar comprender qué era lo que la agitaba, vi como una sombra inmensa se desprendía lentamente de las alturas de la cabaña justo por encima de su cabeza.

Me quedé petrificado. Me habría gustado gritar para advertir a Baba Seck del peligro que se acercaba deslizándose, pero ningún sonido logró salir de mi garganta. La muerte se acercaba a él sin que sospechase nada. Era un animal enorme que parecía flotar en el aire de la cabaña. Vislumbré su cabeza triangular, casi tan grande como la de Baba Seck, en la que se asomaba intermitentemente una fina lengua negra y bífida, como si de sus grandes fauces cerradas intentase escaparse una pequeña serpiente de dos cabezas, engullida tan pronto como salía. Negra azabache y de rayas amarillentas, la piel de la boa relucía a la luz anaranjada de la lámpara colocada en el suelo por Baba Seck.

El tío de Maram, ignorante del peligro que se cernía sobre él, seguía con la cabeza asomada al cubo de agua marina, del que comprendí de golpe su auténtica función, que no era únicamente iluminar la cabaña de noche con una luz traslúcida, sino también servir de despensa a la boa. Maram la alimentaba con peces, ofreciendo a su instinto de cazador el placer de atraparlos zambulléndose de cabeza en el agua, mientras el resto de su enorme cuerpo colgaba de algunas vigas del techo de la cabaña. Pero ahora no fue un pez lo que Maram sacrificó a su boa, sino a un hombre que, ignorando la amenaza que planeaba sobre él, se preguntaba para qué servía aquel cubo, como yo mismo había hecho varias veces aquella misma noche.

La cabeza de la boa se acercaba lentamente a la suya y, por ese instinto que comparten todos los seres vivos cuando están a merced de un peligro mortal –y que intuyen antes de verlo–, Baba Seck me miró directamente. No sé si la luz de la lámpara en el suelo era

204

tan potente como para que llegara a percibir el espanto que deformaba mis rasgos o si le sorprendió la dirección de mi mirada, pero por fin levantó la suya. Y justo en el instante en que la vio la muerte cayó sobre él, enroscándose alrededor de su cuerpo.

A lo mejor Baba Seck pensó que le daba tiempo a pegarle un tiro a la boa con su fusil. Pero, cuando el animal lo derribó y se echó sobre él con todo su peso, la bala que salió del arma no acertó en el blanco. Me pasó rozando la cabeza y fue a estrellarse contra la pared de la cabaña, justo detrás de mí.

En su caída sobre el hombre, la serpiente había volcado la lámpara, que se apagó. Y en la escasa luz fosforescente que provenía del cubo de agua marina creí ver las contorsiones de una enorme ola oscura ondulando largamente sobre el suelo. Antes de desmayarme, oí los huesos de Baba Seck rompiéndose unos tras otros, como las ramitas de un haz de leña seca. Gritos, estertores y gorgoteos.

XXVII

Perdí el conocimiento durante la muerte de Baba Seck. Y, sin duda, mi desmayo me había protegido de esa apoplejía que sufren los monos o los seres humanos cuando tienen la desgracia de cruzarse con una boa. Claro que Maram no había lanzado aquella serpiente gigantesca contra mí, sino contra su tío. Su orden de quedarme inmóvil, viera lo que viera, me había salvado. Maram había observado a conciencia la naturaleza del monstruo. Las boas tienen muy mala visión, la lengua les sirve de olfato y no advierten a sus presas hasta que se mueven. La Providencia había querido que el miedo que me invadió al ver a la boa prolongase la inmovilidad que había conservado por orden de Maram. Y esta misma inmovilidad de estatua también me había salvado de la bala del fusil de Baba Seck.

Al volver en mí ya no estaba en la cabaña de Maram, sino al aire libre. Me encontraba tendido bajo un ébano. A pesar del calor, tenía frío. Me notaba la nuca rígida y dolorida, igual que el resto del cuerpo. Me atormentaban imágenes fugaces de la horrible muerte de Baba Seck. Aún estaba petrificado por ese miedo animalesco que, desde el origen del mundo, se les antoja único a sus víctimas pero que resulta ser fatalmente idéntico para todas. Cuando la muerte atrapa a un animal tras una larga huida, los músculos del cuerpo se le tensan como una pieza en el taller del curtidor. Lo primero que tiene que hacer el depredador una vez que ha matado a su presa es reducir el agarrotamiento de la carne por medio de la violencia, con sus colmillos, con sus garras o mediante la formidable presión de sus anillos. Esperaba que Baba Seck hubiese tenido la suerte de perder el conocimiento antes de sentir cómo las contorsiones musculares de la boa le trituraban los músculos, última capa de protección de su vida.

No logré calmarme hasta que Ndiak, sentado junto a mí, me puso con suavidad una mano en el hombro. Ironías del destino, las primeras palabras que le dirigí fueron las últimas que habían salido de la boca de Baba Seck:

—¿Dónde está?

Como la lengua wólof no distingue, en una frase interrogativa como esta, el masculino del femenino, Ndiak no supo muy bien cómo responderme.

—¿La vieja curandera? Ha desaparecido. Pero si de quien hablas es del otro, hemos encontrado en la cabaña de la curandera los restos de un hombre retorcido sobre sí mismo. Tiene un pie incrustado donde debería estar el pecho, un ojo aplastado contra una mano, la lengua colgando, la cabeza hecha papilla, las tripas fuera. Nada bonito de ver, ¡y además apesta! ¿Tú sabes quién es?

Sin esperar respuesta, Ndiak me contó que habían venido corriendo desde la otra punta de la aldea, él, Seydou Gadio y los demás, al oír un disparo al amanecer. No tardaron mucho en descubrirme en la cabaña de la curandera, blanco como la flor del algodón, acurrucado en la cama, no muy lejos de un cadáver informe por encima del cual habían tenido que pasar para sacarme de aquella tumba. En cuanto se aseguraron de que seguía con vida, Seydou Gadio volvió a entrar en la cabaña para inspeccionarla. Salió con un fusil en la mano, el que había efectuado el tiro que los alertó, sin lugar a dudas. Seydou, con el semblante inexpresivo, pasó de largo entre todos y caminó deprisa en dirección al bosque de Krampsanè, ordenando adustamente que nadie lo siguiera ni entrase en la cabaña, donde debía de encontrarse aún una enorme boa.

Sorprendido por mi aire inquieto, Ndiak creyó tranquilizarme contándome que le debía la vida a Seydou Gadio. Era él quien había tenido la idea de colocarme un espejo delante de la boca para averiguar si había exhalado mi último suspiro y quien había improvisado unas parihuelas para transportarme de la aldea de Keur Damel a la de Ben, la de la anciana curandera. Él era mi salvador.

Dejé que hablase. Ndiak no podía saber que Seydou Gadio había reconocido su fusil, el que Estoupan de la Brüe le había ordenado intercambiar por Maram.

—¿La va a matar? —lo interrumpí por fin mientras continuaba cantándome las alabanzas de Seydou Gadio.

—¿Matar a la curandera?

—No, a la aparecida, a Maram Seck.

Incrédulo, Ndiak me hizo repetírselo.

—Sí, Maram Seck es la persona que se esconde bajo la piel negra y amarilla de la serpiente. ¡Maram Seck, la sobrina de Baba Seck, el jefe de la aldea de Sor! Ndiak se quedó un instante en silencio, como si buscase en su memoria indicios que le permitieran adivinar la auténtica identidad de la anciana curandera. Pero no se le ocurrió nada y tuvo que reconocer que había sido, como yo, incapaz de reconocer a Maram bajo su disfraz. Al ver que insistía en tener noticias de Maram y que me preocupaba por ella, Ndiak me tranquilizó diciéndome que Seydou no la mataría. Era un cazador que no quitaría ninguna vida sin protecciones místicas previas. El poderosísimo espíritu que había habitado la cabaña era digno de temor, había que ir con cuidado.

Las palabras de Ndiak me tranquilizaron. Aunque se me antojaban irracionales, aquellas supersticiones sin duda impedirían que Seydou Gadio matase a Maram si llegaba a encontrarla en el bosque de Krampsanè. El viejo guerrero, al igual que Ndiak, tenía una concepción del mundo según la cual la vida de los seres humanos está estrechamente ligada a la de su *rab* protector. En su cabeza, Maram y la serpiente que había destrozado a Baba Seck formaban una única entidad. Si mataba a Maram atraería sobre sí la cólera de su *rab*, y tampoco se arriesgaría a enfrentarse sin protección mística a la boa de Maram. Le pedí de beber a Ndiak, que mandó que me trajesen también algo de comida.

Antes de ponerme a contar la historia de Maram más o menos como me la había relatado durante buena parte de la noche anterior, pensé que el deseo y el amor que me había inspirado en tan poco tiempo no se habían apagado.

Sin duda, a cualquier otro la muerte atroz de Baba Seck le hubiera impactado de tal manera que habría confundido, en su horror, a Maram con la boa que esta había adiestrado para que matase a su tío. Así, lo que a un blanco no le habría dejado experimentar su razón, se lo hacía experimentar su imaginación: miedo y asco hacia la mujer-serpiente asesina.

Lo que es yo, consideré que la venganza de Maram era proporcional al crimen del que había sido víctima. Porque si la violación que había sufrido no llegó a consumarse, la sola intención había herido su equilibrio vital y destruido el orden de su mundo. El acto de su tío le había destrozado la vida. Que Maram hubiese incitado a la serpiente-tótem a aplastar a Baba Seck entre sus anillos me parecía un desenlace justo.

Estaba sumido en estas reflexiones cuando los aldeanos de Ben nos trajeron una calabaza de cuscús de tiburón, un manjar que al comienzo de mi estancia en Senegal no apreciaba demasiado, pero que había acabado por gustarme. Si me lo hubiesen dicho antes no me lo habría creído, igual que jamás habría pensado que me enamoraría perdidamente de una negra.

211

Al cabo de tres años viviendo en Senegal era como si me hubiese vuelto negro en todos mis gustos. No se debía solo a la fuerza de la costumbre, como habría sido fácil creer, sino porque olvidaba que era blanco a fuerza de hablar wólof. Llevaba muchas semanas sin expresarme en francés, y el esfuerzo prolongado que había acostumbrado a mi lengua a pronunciar palabras extranjeras me parecía idéntico al que había obligado a mi paladar a apreciar otros manjares y frutas. Ndiak esperó pacientemente a que terminase de almorzar. Según la costumbre del país, me lavé la mano derecha –la única que había usado para llevarme comida a la boca– en una calabacita de agua limpia que me habían traído. Luego apoyé la espalda contra el tronco del ébano bajo el que había recuperado la consciencia una hora antes. Y empecé a contarle a Ndiak, en voz baja para que no nos oyesen ni los nuestros ni los aldeanos que andaban cerca, la historia de Maram Seck.

Cualquier detalle, una palabra en lugar de otra, una vacilación entre dos frases demasiado cortas o demasiado largas, bastaría para que Ndiak viese en Maram a un monstruo. Sin embargo, en varias ocasiones, creí leer en sus ojos incredulidad y espanto. Según una gestualidad asociada a una onomatopeya que solo emplean, que yo sepa, los wólof de Senegal, no dejaba de repetir, mientras hacía tamborilear los dedos de la mano derecha sobre su boca, algo así como *Chééé Tétét. Chééé Tétét.* Aquella muestra de asombro me preocupaba, porque quería ganarlo para la causa de Maram. Tenía que verla no como una asesina sino como una víctima de dos hombres que habían abusado de ella: primero su tío, tan desnaturalizado como para haber intentado poseerla, y luego Estoupan de la Brüe, que la había cambiado por el fusil de Seydou Gadio para intentar obtener lo que Baba Seck no había sido capaz de lograr. Intenté llevar a cabo aquella tentativa de seducción narrativa sin ocultarle a Ndiak que amaba a Maram, a fin de que, si era cierto que me consideraba su amigo, y pese al temor que ella le inspiraba, me ayudase a salvarla del castigo que sin duda le infligirían si Seydou Gadio la encontraba.

De modo que me empleé a fondo en presentar a Maram ante Ndiak como una joven bellísima de la que estaba enamorado, llegando al punto de confesarle que la había sorprendido desnuda para que, al confundir el deseo con el amor, como la mayoría de los jóvenes de su edad, comprendiese mejor el impulso que me empujaba hacia ella. También decidí mentir sobre cómo se había desarrollado la muerte de Baba Seck. No le escondí a Ndiak lo que me parecía plausible: Maram había adiestrado a una serpiente enorme para que matara a su tío. Pero le conté que, antes de desvanecerme de terror ante el espantoso espectáculo del fin de Baba Seck, había visto claramente como Maram salía corriendo por la puerta de su cabaña. Eso era falso, pero me parecía importante que Ndiak no tuviese ninguna duda sobre ese punto.

–*Chééé Tétét...* ¿Estás seguro de que viste salir a Maram de la cabaña mientras la boa mataba a su tío, Adanson?

Le aseguré varias veces que sí. Además, no me parecía mentirle demasiado, porque, aunque no la había visto salir de la cabaña con mis propios ojos, no dudaba que era lo que había hecho mientras yo estaba inconsciente.

Pero Ndiak, que me había escuchado con atención, dejando de lado la escena final del crimen al que había asistido, me pidió que volviese a otro momento increíble, a su parecer: el de la huida del barco de Estoupan de la Brüe.

—Pero, Adanson, si lo que te ha contado Maram es verdad, ¿cómo pudo escaparse del barco sin que la vieran? Yo lo vi en Saint-Louis y sé que siempre tienen uno o dos marineros vigilando la cubierta, incluso en plena noche. Maram no pudo saltar del barco sin que... ¡*Chééé Tétét*!

La imagen que cruzaba la mente de Ndiak se le antojaba tan monstruosa que no era capaz de terminar la frase. También ahí tuve que modificar la historia que me había contado Maram. Así que me inventé un marinero dormido, tumbado en medio de una escalerilla que llevaba a la cubierta del barco. Y que la fuerza de la corriente era tal que, pese al ruido de la zambullida que los había alertado, los marineros no se atrevieron a echar una chalupa al mar para perseguirla.

Hasta yo me sorprendí de la facilidad con la que bordé aquellas peripecias imaginarias sobre la base de la historia de Maram. Comprendía las preguntas de Ndiak. Yo también se las habría hecho a Maram si hubiera podido interrumpirla, pero ella había encadenado tan bien los episodios de su historia que me había sido imposible romper aquella cadena sin arriesgarme a ponerla en mi contra. Reconocí que su relato me había atrapado y que había aceptado ciertas incoherencias sin darle demasiadas vueltas. Pero me acordé de callármelas para que Ndiak siguiera siendo mi aliado en la defensa de Maram.

Me guardé mucho de aludir a cómo, según el relato de Maram, la vieja curandera Ma-Anta, guiada por un sueño premonitorio, se la había encontrado moribunda en medio de un bosque. Tampoco me pareció razonable repetirle a Ndiak, como Maram había pretendido, que un león y una hiena las habían escoltado, a ella y Ma-Anta, hasta la aldea de Ben. Este episodio me había hecho pensar en esos cuadros cándidos del jardín del Edén en los que los animales, incluso los más enemigos por naturaleza, no se atacan. Y vi que tenía razón al callarme sobre aquello cuando, poco después, Ndiak me contó que había visto con sus propios ojos, mientras yacía yo desmayado en mi camilla improvisada, en la linde del bosque de Krampsanè, un león y una hiena juntos, cogiendo delicadamente entre sus fauces unos pescados que se secaban en el tejado de una cabaña en la aldea de Ben. La de Ma-Anta y Maram.

XXVIII

Con el fusil al hombro, Seydou Gadio caminaba unos pasos por detrás de ella, sin temer que Maram se escapase, por lo visto. La había encontrado muy al norte, en los límites del bosque de Krampsanè. Eso había sido fácil, sus huellas eran particularmente claras. Junto a la marca de sus pasos, había seguido el rastro continuo de la punta de un bastón que iba arrastrando por el suelo, como para que un perseguidor lo detectase mejor. Sentada, con la espalda apoyada contra un árbol, el único ébano entre todas las datileras y palmeras de aquel bosque, le había dicho que lo esperaba y que si la dejaba enterrar su bastón bajo el ébano lo seguiría sin oponer resistencia. Seydou había aceptado y, una vez sepultado el bastón, que el guerrero describió forrado de cuero rojo y con cauris incrustados, Maram emprendió por su propio pie el camino de vuelta hasta la aldea de Ben.

Yo solo tenía ojos para ella. Maram llevaba una

túnica azul añil y blanca que le llegaba a los pies. Bajo esa túnica abierta por los lados, el mismo vestido blanco de una pieza que tenía puesto la víspera. El pelo, escondido bajo un pañuelo de nudo invisible, lo llevaba prendido entre los pliegues de una tela color amarillo claro. Pasó por delante de mí con la cabeza alta sin mirarme siquiera. Me daba la impresión de que se deslizaba por encima del suelo, el caminar aéreo.

El corazón me latía muy fuerte. Estaba decepcionado y aliviado al mismo tiempo por que no me hubiese mirado. ¿Qué me habrían dicho sus ojos? Tenía la esperanza insensata de que me revelasen un amor equivalente al mío. Pero pensé que yo no podía agradarle. Nada me distinguía del resto de los hombres aparte del color de mi piel, que a lo mejor consideraba detestable como la mayoría de los blancos detestan el de los negros. Sufría. Experimentaba por Maram una pasión fulgurante y me parecía imposible que fuese correspondida. Era absurdo pensar, si es que llegaba a amarme, que su amor tuviese la espontaneidad del mío y que pudiese entrar en su corazón sin previo aviso, sin concesiones, sin negociaciones internas. La vida de Maram estaba lejos de ser propicia a la eclosión inmediata del amor. Sus desgracias se debían a hombres que querían hacer de ella un objeto de placer. ¿No habría tomado mis insinuaciones por un simple apetito carnal fácil de olvidar una vez saciado? Para demostrarle, y quizá para demostrármelo a mí mismo, que lo que me agitaba el corazón no era solo deseo, habría necesitado tiempo. Me habría gustado cortejarla con toda la delicadeza posible que inspira el deseo de complacer al ser amado, pero la Providencia decidió otra cosa y su primer instrumento fue la inflexibilidad del jefe de nuestra escolta.

Seydou Gadio, el hombre que me había salvado la vida en Keur Damel, había reconocido de inmediato su fusil junto al cadáver desfigurado hallado en la cabaña de Maram. Era la misma arma que había intercambiado por una muchachita por orden de Estoupan de la Brüe tres años antes. Aunque había cambiado y se había convertido en una mujer, reconoció sus rasgos y su gracia en cuanto la divisó bajo el ébano. Si habían encontrado el cadáver de un hombre dentro de su cabaña, ella tenía que ser directa o indirectamente responsable de su muerte. Era muy probable que hubiese querido vengarse del hombre que había intentado violarla delante de él, de su compañero Ngagne Bass y de Estoupan de la Brüe mientras los tres cazaban cerca de la aldea de Sor. Ello sin tener en cuenta que el muerto la había vendido como esclava a cambio de un fusil. En consecuencia, Seydou no veía por qué no iba a devolver a la joven a su propietario, que era el señor De la Brüe. Y, para hacer las cosas bien, la conduciría hasta el señor De Saint-Jean, el gobernador de Gorea, que encontraría el medio de devolvérsela a su hermano.

Por más que le expliqué a Seydou –sin revelarle, como hice con Ndiak, que Maram era la sobrina del muerto– que una mujer con aquella corpulencia no tenía la fuerza necesaria para aplastar a un hombre de la manera horrible que habíamos visto, que la asesina era una boa, que esa era la culpable a la que había que detener, el viejo guerrero no quiso escucharme.

Seydou Gadio, que no estaba acostumbrado a que lo contradijesen, acabó enfureciéndose cuando propuse que dejásemos tranquila a Maram, en Ben. Su cólera llegó hasta el punto de que me amenazó con su fusil y vociferó que me descerrajaría un tiro si le impedía cumplir con su deber. Ndiak logró calmarlo un poco. Eso no impidió que Seydou proclamase ante los aldeanos que se habían arremolinado a nuestro alrededor que, por su bien, no intentaran retener a Maram en Ben o sufrirían terribles represalias. Pero los aldeanos, que se impacientaban tras haber recuperado lo que creían un avatar de Ma-Anta, su vieja curandera, replicaron que Seydou no tenía derecho a quitársela. Ben no pertenecía al reino de Waalo, sino al de Cayor. El rey de Cayor, el *damel*, estaba representado en Cabo Verde por siete sabios lebu que se reunían una vez al mes en la aldea de Yoff para impartir justicia. Se comprometieron a llevar a su curandera a Yoff al día siguiente ante los siete sabios, que juzgarían lo que convenía hacer.

Al frente de los aldeanos estaba Senghane Faye, cuya hijita había curado Maram y a quien había enviado a Sor como mensajero para atraer a su tío a Ben. Senghane Faye no era un guerrero profesional, pero tenía una azagaya y pinta de querer usarla contra Seydou, que, por su parte, parecía listo para pegarle a la mínima un tiro en la cabeza.

En medio de la confusión general de aquella disputa, Maram, que hasta entonces había permanecido en silencio, levantó de pronto la voz y me pilló desprevenido, a mí, que ya veía aquel momento como una manera de distinguirme ante ella.

—En nombre de Ma-Anta, os pido que me escuchéis —exclamó—. Sois buenas personas. Ninguno de vosotros ha venido jamás a solicitarme un acto de magia hostil contra su prójimo durante los dos años que secundé a Ma-Anta. Vuestra auténtica curandera me recogió cuando erraba por el bosque de Krampsanè hace tres años. Me escogió como discípula. Y después de marcharse a reposar al bosque, hace un año, fui yo, Maram Seck, quien se convirtió en vuestra curandera. Pero he traicionado la confianza de Ma-Anta y la vuestra. Se ha cometido un crimen en vuestra aldea y yo soy la responsable. Si el mal ha irrumpido aquí, en Ben, es culpa mía. Os pido, por lo tanto, que dejéis que este hombre, Seydou Gadio, me lleve adonde le parezca bien y que no impidáis que os salve de mí, que he roto la armonía de vuestras vidas.

Estas pocas palabras de Maram bastaron para aplacar a los aldeanos, que volvieron uno tras otro a sus ocupaciones. Solo a Senghane Faye pareció costarle acatar la orden que había dado la mujer. Pero una mirada que le lanzó ella, y que yo advertí, acabó por convencerle de abandonarla a su suerte.

Volví a quedarme solo para impedir a Seydou Gadio que condujese a Maram a la isla de Gorea, la isla de los esclavos. Era el lugar más peligroso para ella, la primera etapa en el camino de un castigo que presentía violento. Si lo que me había contado de su encuentro con Estoupan de la Brüe era cierto, sabía que el director de la Compañía de Senegal era un hombre capaz de vengarse de una ofensa con una respuesta cien veces peor, sobre todo tratándose de una negra. Y me sentía aún más desamparado porque Maram evitaba cruzar su mirada con la mía, como si se negase a darme la más mínima señal de connivencia que pudiera animarme a oponerme a Seydou Gadio. Cómo deseé que me lanzase una mirada tan dura como la que había impedido actuar a Senghane Faye. Así habría sido al menos digno de su desaprobación, que me parecía cien veces preferible a su indiferencia. Aún no había vivido lo suficiente por aquel entonces para comprender que el empeño con el que Maram fingía indiferencia podía ser una paradójica señal de su predilección por mí. Cuando lo entendí ya era demasiado tarde para que me confirmase con palabras lo que su actitud podría haberme revelado si yo hubiese sido más perspicaz.

Mientras me devanaba los sesos para ayudar a Maram contra su voluntad, la esperanza de salvarla del castigo por el asesinato de su tío, que había confesado a medias, vino de la mano de Ndiak. Me hizo una seña para que hablásemos aparte.

–Escucha, Adanson. El viejo Seydou Gadio no cambiará de opinión. Así que he decidido ir a pedirle a mi padre el indulto para Maram Seck. Según el código de los esclavos, no pertenece a Estoupan de la Brüe desde el momento en que logró escaparse de su territorio hace más de un año. Mi padre tiene derecho a indultarla porque es súbdita suya, igual que Baba Seck. Ni el rey de Cayor ni tampoco los siete sabios que lo representan en Cabo Verde tienen nada que decir, ya que el tío de Maram es originario de la aldea de Sor, que pertenece al reino de Waalo. De modo que voy a galopar hasta Nder, nuestra capital, bordeando el océano desde Keur Damel hasta Saint-Louis. Te prometo que con la ayuda de mi corcel Mapenda Fall te traeré una respuesta, buena o mala, de aquí a siete días como mucho. En cuanto a ti, acompaña a Seydou y Maram a Gorea. Es mejor para ella que no la dejes.

Por loco que me pareciese, aquel plan era la única esperanza de salvar a Maram a la que podía aferrarme. Le agradecí a Ndiak que intentase arrancarle a su padre, a quien no quería, una clemencia a la que no había acostumbrado a nadie desde el comienzo de su reinado. Pero también estaba preocupado por mi joven amigo. Su viaje lo ponía en peligro, porque Ndiak no pensaba dejarse acompañar, y yo estaba seguro de que su caballo despertaría la codicia de todos los guerreros que se encontrase camino de Nder.

Cuando se lo dije, se encogió de hombros. No tenía miedo, me cogería prestado el fusil. Armado, nadie se atrevería a atacarlo.

–Hay una cosa que me parece más importante para ti –añadió–. Voy a verme obligado a revelar la verdadera identidad de Maram. Voy a tener que contarle a mi padre que su tío, el jefe de la villa de Sor, intentó violarla. Solo puede ser indultada a cambio de esta verdad terrible. Exponemos a su familia a una vergüenza pública que, según lo que me has dicho, Maram no desea. Si la salvas, hundes su reputación y

223

la pierdes tú, porque nunca querrá al hombre que permitió que deshonrasen públicamente a los Seck de la aldea de Sor.

No me lo pensé demasiado. Amaba demasiado a Maram como para abandonarla a un castigo que podía entrañar su muerte y la amaba lo bastante como para querer que viviera, aunque fuese lejos de mí. Preparado para que me odiase por tomar la iniciativa de salvarla, respondí a Ndiak que me importaba más la vida de Maram que el honor de su familia.

Ndiak volvió junto a Seydou Gadio para anunciarle su idea de ir a Nder a pedir el indulto de Maram, sin revelarle su identidad en ningún momento. Y, tras hacer acopio de algunas provisiones que cargó en la silla inglesa de su caballo, la misma que el rey de Cayor le había regalado en Meckhé, se fue al trote. Con el corazón en un puño, lo contemplé internándose en el bosque de Krampsanè.

Lo conocí cuando era un niño, y se había hecho un hombre. Sabía que nada bueno podía traer su partida. Se arriesgaba, por amistad, a hipotecar todas sus opciones de convertirse un día en rey. Porque, aun cuando le estuviese prohibido por las leyes sucesorias del reino de Waalo, yo había comprendido que Ndiak se postularía a dicho título para honrar a su madre, Mapenda Fall. Pero se burlarían de él, se preguntarían por su salud mental cuando se enterasen de que había hecho todo aquel trayecto para pedirle al rey, su padre, el indulto de una muchacha que había asesinado a su tío. Es más, si hubiese emprendido aquel viaje por su cuenta, habrían atribuido su locura a la juventud. El rey habría indultado a Maram pensando que su hijo quería hacer de ella una concubina de la que se cansaría enseguida. Aquello podría haber parecido, incluso, el adorable capricho de un joven príncipe enamorado por primera vez. Los *griots* aduladores habrían cantado su peligroso viaje para salvar a una esclava de su castigo como una gran hazaña ridícula pero bella. Y Ndiak habría empezado a forjarse la leyenda de su ascenso hacia el poder, insinuando en la mente de sus «iguales» la certeza de su intrepidez, cualidad primera de un joven aspirante al trono.

¿Qué pensarían de él cuando se enterasen de que se había expuesto a tantos peligros para solicitar de su padre el indulto de una muchacha en beneficio de otro hombre y que este otro hombre encima era blanco? ¿Acaso no se convertiría en el hazmerreír de todos? Los mismos *griots* que podrían haber cantado su gloria naciente, ¿no lo presentarían enseguida, con sus palabras más o menos secretas, como un agente servil de los más mínimos caprichos de los *toubabs*, indigno de su padre?

Tales eran las reflexiones que me cruzaban por la mente mientras contemplaba a Ndiak galopando hacia su perdición por mí.

Mi querida Aglaé, no he tenido más de dos o tres amigos en mi vida. Ndiak es, lo tengo clarísimo, el único que se sacrificó por mí. No estoy seguro de que yo, en circunstancias similares, hubiera estado a la altura; carezco de una grandeza de alma como la suya.

XXIX

Unas horas después de marcharse Ndiak, también nosotros abandonamos la aldea de Ben, que estaba a menos de dos leguas de la isla de Gorea a vuelo de pájaro. Para llegar, teníamos que coger unas piraguas que salían de una pequeña playa. Embarcar rumbo a Gorea desde la ensenada de Bernard no era sencillo; se necesitaba a un barquero para atravesar los arrecifes que cerraban la playa, y cuando llegamos a aquel sitio aún no había ninguno de los barqueros que permitían el cruce.

Me regocijé por anticipado ante aquel contratiempo que le brindaría a Ndiak una prórroga para ir y venir de Nder. Pero, sin duda impaciente por librarse de Maram y por que Estoupan de la Brüe lo recompensase cuantiosamente por sus desvelos, Seydou Gadio decidió requisar una piragua más pequeña que la que solía usarse para conectar el continente con la isla de Gorea. Así pues, Maram y Seydou dejaron la ensenada de Bernard a bordo de una piragua manejada por un joven pescador, mientras que yo tuve que quedarme allí esperando pacientemente hasta la mañana siguiente.

Cuando llegué por fin a la isla de Gorea, corrí hacia la casa del señor De Saint-Jean, gobernador de la isla y hermano de Estoupan de la Brüe. Yo iba desgreñado y Saint-Jean lucía una peluca bien peinada. Hacía casi una semana que no me afeitaba y él llevaba la cara rasurada y empolvada. Yo vestía unos ropajes que Maram me había dado dos días antes: un pantalón bombacho de algodón blanco y una camisa con motivos azules, violetas y amarillos, abierta por los lados. Si Ndiak no me hubiese prestado unas sandalias de cuero de camello habría ido descalzo. Saint-Jean llevaba sombrero, redingote, calzón, pantalón de seda y zapatos con hebillas plateadas. Yo había dormido mal en la misma playa desde la que partiría la piragua a la mañana siguiente hacia Gorea. Asediado por los mosquitos, pese a la protección de una tela, tenía la cara cubierta de una miríada de picaduras rojas. Saint-Jean, de pie en un balcón interior de la primera planta de su gobernación, había parecido sorprendido al verme tan desaliñado.

En cuanto me vi delante de él me sentí obligado a explicarle que, con las prisas, no había podido coger mis cosas, que se habían quedado en la ensenada de Bernard. Le rogué que me perdonase por presentarme con aquel aspecto. Como llevaba varias semanas sin hablar francés, me explicaba muy mal y, desconcertado por el ritmo extraño que se le había impuesto a mi pesar, me perturbó el acento wólof que había adoptado mi lengua materna.

Saint-Jean, que no se había quitado el sombrero durante los saludos habituales que logré efectuar pese a mi confusión, me preguntó sin más cuál era el asunto tan apremiante que me había hecho correr así hasta su casa en Gorea. Sin esperar mi respuesta, que sin duda conocía a través de Seydou Gadio, y dado que se disponía a sentarse a la mesa, me invitó a comer con él. Mientras lo seguía para llegar al comedor, abierto a un balcón que daba al mar, reflexioné que mi apariencia exterior me colocaba en una posición de inferioridad que podía perjudicar a la causa de Maram.

También estaba muy confundido porque Saint-Jean parecía tener como mínimo el doble de años que yo. Era mucho más alto y corpulento, y tan rubio como su hermano Estoupan de la Brüe era moreno. La única particularidad de su cara fláccida eran los ojos azules clarísimos, saltones, que le daban un aire ausente que me desconcertaba. Me señaló con un gesto vago de la mano izquierda, con la que sostenía un pañuelo bordado, mi sitio en la mesa, frente a él. A una orden murmurada, un criado negro me preparó el cubierto. Sin esperar, Saint-Jean empezó a engullir la sopa que le habían servido, echándole entre sorbo y sorbo trozos de pan que aspiraba ruidosamente y que se tragaba sin masticar. No levantó la mirada hasta que tuvo que ordenar que le llenasen de nuevo de vino la copa.

Acompañando su pregunta con un gesto tan vago como el anterior, Saint-Jean me interrogó por segunda vez con tono irónico:

–Entonces, señor Adanson, ¿a qué debo el honor de su inesperada visita?

Cuando fui a Gorea en barco desde Saint-Louis tres años antes en compañía de su hermano, Saint-Jean no me había faltado al respeto en ningún momento. Sin duda, la manera en que Seydou Gadio le había contado mi interés por Maram y mi apariencia miserable me habían rebajado ante sus ojos. Si la primera vez que nos vimos yo no era más que un honrado sabio francés digno de cierta consideración de orden patriótico, la segunda no era más que un blanco disfrazado de negro. Saint-Jean era de esos hombres que inspiran piedad de tan lisonjeros que son ante sus «superiores», pero que son despiadados con sus «inferiores», a los que yo había sido ahora irremediablemente degradado.

Mi amor propio, ya dolido ante su descortesía, no soportó la clara ironía de su pregunta. Aunque formulada para hundirme, me devolvió de golpe la seguridad que creía haber perdido. Ya que él había decidido ser grosero, decidí serlo yo también. Por lo menos en eso, estaríamos en igualdad de condiciones.

–¿Dónde está? –le pregunté entonces sin tapujos.

Saint-Jean, sin intentar hacer como si no me entendiese, me respondió golpeando el suelo con el talón de su zapato.

–Bajo nuestros pies.

–Maram es inocente del crimen del que se la acusa.

–Ah, se llama Maram… Pero ¿de qué crimen habla usted? Si se trata del negro machacado por los anillos de una boa gigante, según me han informado, me importa poco. En cambio, esa negra golpeó a mi hermano cuando se disponía a honrarla con una visita de cortesía. Sabe usted muy bien, señor Adanson, que no es inocente.

–¿Piensa usted enviársela de vuelta al señor De la Brüe?

–Para su raza, esta negra es una venus. Mi hermano no se equivocaba; como usted, por otra parte. Pero, después de que casi lo matara, le repugna. Ya me la cedió en caso de que la encontrase. Así que la voy a vender como esclava en las Américas.

Al pronunciar esta última frase, Saint-Jean volvió la cabeza hacia el balcón abierto al mar y comprendí que debía de haber un barco negrero cerca de la isla. Había destinado a Maram a sumarse a su cargamento.

Con los ojos azul claro posados de nuevo en mí, prosiguió:

–Se la vendo al señor De Vandreuil, mi amigo el gobernador de Luisiana. Le encantan las beldades negras, sobre todo las rebeldes. Si fantasea con comprarme a esa negra, sepa usted que el precio está fuera de su alcance. Para igualarlo, tendría que hipotecar su casa, si es que tiene alguna en París, y la de sus padres.

Creí que me moría de rabia no tanto porque Saint-Jean subrayase el desprecio que sentía hacia mí aludiendo a mi pobreza hereditaria, sino por suponer que yo quisiera comprar a Maram. Esa idea me horrorizó. Había olvidado que el color de su piel la vinculaba de manera natural, para hombres como aquel, con la gran ronda atlántica del comercio de esclavos. Este olvido me había puesto en la situación de verme llamado al orden de un mundo que detestaba por un hombre al que odiaba. Saint-Jean quería llevarme al límite y lo consiguió por completo cuando rechazó mi última petición. Yo había propuesto, con la rabia atenazándome la garganta, la posibilidad de hablar con Maram.

—No, señor Adanson, no la va a ver. No hay que darle a la mercancía motivos para revolucionarse. Debe resignarse a su suerte.

Cogí con brusquedad el plato lleno de sopa que me habían servido sin que me diese cuenta, y ya iba a tirárselo a la cara cuando noté que me agarraban. Su criado me ciñó los brazos con tanta fuerza que pensé que me los iba a partir. Saint-Jean le hizo una seña al negro para que me soltase y me dijo levantándose de su silla:

—¿Cómo se puede uno enamorar de una negra? ¿Es porque ha dejado que se la folle? Sígame, vamos a ver cómo se va.

XXX

Oí claramente una chalupa acercándose y las fuertes voces de los marineros hablando en francés. Remaban cantando algo así como «Rema, rema, grumete, que iremos de Lorient a Gorea. Rema, rema, grumete, luego de Gorea a Saint-Domingue». Esta canción no era tan rudimentaria como la transcribo, pero esas son las palabras que me impactaron y que mi memoria recupera cuando la escribo.

Sin saber por qué, le tengo aprecio a esta canción, que debería ponerme triste, como si la posibilidad de que Maram, encerrada en su calabozo, hubiese podido oírla, aun sin comprenderla, la uniese a mí para siempre. En aquel instante estaba viva y, a pesar de todos los obstáculos que Saint-Jean había colocado entre nosotros, esperaba aún salvarla. Su viaje sin retorno al país del esclavismo, inscrito en las palabras del canto de los marineros negreros, me parecía irreal. Amaba a Maram y no podía creer que me la fuesen a quitar, que se la tragase el horizonte, devorada por América.

Tal y como me había insinuado Saint-Jean golpeando con el pie, Maram estaba encerrada, con otros negros, en los calabozos situados debajo de su comedor. Me derrotó el gobernador de Gorea, su mundo, un mundo cuya fuerza, tan absolutamente inexorable como la ley de la atracción universal, arrastraba tras ella los cuerpos y las almas de negros y blancos. Titubeando, repentinamente desarmado, atravesé el comedor tras él, siempre escoltado por su criado, y bajamos por una de las escaleras en semicírculo simétricas que terminaban en el patio interior de la casa. En el centro exacto de su fachada, entre los dos puntos donde arrancaban las escaleras que conducían a los aposentos de Saint-Jean, de donde veníamos, había un pesado portón de madera reforzada con unos enormes clavos. Apostado a un lado de ella, un guardia la abrió siguiendo la orden del gobernador. Me golpeó un fuerte olor a orina. Todo estaba oscuro. El guardia entró y lo oí correr. Abrió una segunda puerta tan pesada como la anterior, unos veinte metros más allá, al final de un pasillo bordeado a ambos lados por calabozos cerrados con enormes rejas. Esta segunda puerta daba al mar. Una bocanada de aire fresco nos brindó una ración adicional del olor nauseabundo de las celdas, cuya parte interior seguía a oscuras pese a la luz que intentaba penetrar.

Colocándose su pañuelo bordado en la nariz, Saint-Jean entró el primero en el pasillo y caminó sin mirar a su alrededor hasta la puerta de la otra punta. Lo seguí, buscando los ojos de Maram. Solo vi un amontonamiento de sombras aglutinadas en el fondo de las celdas, apartándose de los barrotes. Al otro lado de la puerta habían tendido un pontón sobre el mar. Saint-Jean empezó a cruzarlo. El ruido de sus pasos sobre las tablillas de madera lo amortiguaba el intenso rumor de las olas rompiendo contra los peñascos negros y relucientes que erizaban el mar. Parecían dientes de piedra a punto de cerrarse sobre él. Yo me quedé atrás, al borde del pontón, retenido por la mano del guardia en el hombro.

Los marineros cuyos cantos había oído transportados por el viento hasta el comedor de Saint-Jean, una planta más arriba, habían arrimado su barca al pontón. Cuatro de ellos, armados con fusiles, se acercaron a Saint-Jean, que les señaló los calabozos con un dedo. Avanzaron hacia mí y el guardia me hizo retroceder en medio del pasillo, porque por aquella puerta solo cabía una persona. Dos marineros, con el fusil en bandolera, entraron sin saludarme. La primera reja que hicieron abrir ante mí al guardia de la prisión dejó salir a una decena de niños, desnudos la mayoría, el de más edad de unos ocho años y el más pequeño de unos cuatro, quizá. Iban de dos en dos, en fila india, cogidos de la mano, precedidos por uno de los marineros y seguidos por el otro. Atravesaron la puerta. Los vi avanzar a pasitos, titubeando, sin duda cegados por los resplandores que se reflejaban en el mar. El sol en su cenit se comía la sombra bajo sus pies. Una vez llegados al final del pontón, cogidos por las axilas, los lanzaban al agua como queriendo ahogarlos, puesto que la barca en la que los recibían más abajo otros marineros era invisible desde el fondo del embarcadero. Una vez que hubieron desaparecido todos, engullidos por el océano, el guardia abrió el calabozo de las mujeres.

La primera en salir fue Maram. Iba vestida igual que como la vi partir hacia la isla de Gorea desde la playa de la ensenada de Bernard, prisionera de Seydou Gadio. Pero ahora se había atado a la cintura la tela amarilla clara que la víspera llevaba delicadamente anudada sobre la cabeza. Estaba casi a su lado cuando avanzó para salir de la celda con los brazos tendidos, tal y como le había ordenado el guardia para encadenarla mejor. Podía ver su hermoso perfil, su frente abombada, su nariz de contornos subrayados por un haz de luz que entraba por la puerta abierta al mar desde su izquierda.

Saint-Jean había querido que la viese una última vez. Como no le entraba en la cabeza que un francés pudiese enamorarse perdidamente de una negra, había pensado que, sin duda, el despecho de perderla frente a otro hombre me haría sufrir. Pero no sospechaba que lo que me desesperaría a mí de todo aquello sería el gesto de Maram de tender los brazos hacia sus cadenas como si se ofreciese en sacrificio, resignada a su destino.

En un arranque instintivo que esta vez el negro de Saint-Jean apostado detrás de mí no fue capaz de contener, me abalancé sobre el guardia que se disponía a encadenar las muñecas de Maram y lo tiré al suelo. Aprovechando la confusión, logré cogerle una mano a Maram para llevarla hacia el único lugar abierto ante nosotros, la puerta que daba al pontón.

La cruzamos corriendo, ella y yo, el uno contra el otro por un instante, su mano derecha en mi mano izquierda. Durante los pocos segundos que duró nuestra carrera creo que fui feliz. Mejor que una declaración de amor, que una mirada tierna o que un abrazo apasionado, la mano caliente de Maram cogida de la mía provocó en mi mente esa sensación a menudo descrita por quienes dicen haber regresado de la muerte. Pero, en lugar de ver pasar rápidamente ante mis ojos los recuerdos de toda una vida a punto de terminar, mi mente me ofreció el esbozo soñado de una existencia dichosa e imaginaria con ella. Una breve intuición de alegrías intensas aún por eclosionar. Una simbiosis exenta de las desilusiones y las amarguras que el mundo que odiaba la diferencia habría lanzado sobre nuestro amor.

Maram y yo acabábamos de cruzar la puerta de un viaje sin retorno.

En plena carrera había empujado a dos marineros y habíamos llegado casi a la otra punta del pontón cuando sonó un disparo de fusil dirigido a mí. Estaba escrito en el cielo que la bala que me apuntaba no me acertaría. Con la inercia de nuestra carrera, Maram no se tiró al suelo al fondo del embarcadero como hice yo, sino que cayó al agua, rozando la proa de la barca cargada de niños esclavos. Vi como se hundía y volvía a emerger a la superficie, proyectada en el aire por el borboteo de una ola que se la llevó hacia el mar. Estaba inerte, tendida sobre un sudario de espuma roja que empezaba a recubrirle el cuerpo.

Iba a lanzarme tras ella no para salvarla, porque ya estaba perdida, sino para reunirme con ella en la muerte. Pero en cuanto intenté saltar me aplastaron contra el suelo, justo al borde del pontón. Allí, estirando el cuello, con una rodilla clavándose en mi espalda, creí ver por última vez el perfil luminoso de Maram dentro de una red de burbujas irisadas, justo antes de que la atrapase el Atlántico. Chapoteo, olas, sumersión.

XXXI

Saint-Jean no escatimó en humillaciones, enfurecido por la pérdida de su «mercancía», pero ninguna me afectaba; yo estaba ovillado fruto de mi sufrimiento. ¿Por qué había empujado al guardia, por qué había cogido de la mano a Maram? Era responsable de la muerte de mi efímera bienamada. Mi acto irreflexivo era egoísta. Era como Saint-Jean, había querido apropiarme de ella. Para intentar disculparme, me centré en el abandono de su mano en la mía. Maram había parecido aceptar que corríamos juntos hacia la muerte, que asociábamos nuestros destinos. Pero ¿se trataba de una prueba de amor? ¿No le estaba atribuyendo sentimientos exclusivamente míos? Ella me había cedido la mano para una marcha nupcial que había terminado en marcha fúnebre. Mi locura la había vuelto a mandar a los infiernos, como Orfeo a Eurídice.

Me asaltaban sentimientos contradictorios, preso de reflexiones tan amargas que nada de lo que intentaba Saint-Jean para degradarme me afectaba. Mi mente era como esas tortugas de mar que, sorprendidas en una playa, se encierran y no salen de su caparazón ni aunque las echen a las llamas. Una vez que todos los esclavos estuvieron a bordo del barco negrero, me encerraron en el calabozo de las mujeres, bajo el comedor de Saint-Jean, bajo sus pies. Me volví a encontrar sumido en la oscuridad de aquel lugar inmundo donde Maram había estado pocas horas antes. Saint-Jean había atinado: ningún otro lugar del mundo habría podido avivar más cruelmente mi sufrimiento.

Me sentía mal, tenía calor. Un acre olor a orines y deyecciones, sin duda los de todos los niños aterrados que habían estado encerrados allí, subía del calabozo contiguo. Impregnando el suelo de tierra batida, rezumando de las paredes, me asfixiaba el rescoldo de dolores inconsolables, sedimentos de gritos de mujeres dementes, de niños robados a sus madres, de hermanos llorando a sus hermanas, de suicidas silenciosos. Aguanté de pie agarrando los barrotes de mi prisión para no caerme en el fango en el que resbalaban mis pies descalzos. Saint-Jean había tenido cuidado de que no limpiasen el calabozo donde me había hecho encerrar. Pronto creí oír ratas rozándome los pies y me puse a llorar al pensar que quizá hubieran mordido a Maram.

Pero lo peor era que, allí solo, ya no me reconocía. Había perdido la razón. ¿Por qué había tratado de salvarla de una manera tan irreflexiva? ¿No debería haber intentado retrasar su partida, hacerle creer a Saint-Jean que tenía recursos para comprarla por el doble de lo

240

que pensaba sacarle al señor De Vandreuil? ¿Qué me habría costado representar la comedia de una pasión indecorosa por Maram, de la que Saint-Jean habría acabado riéndose y que le habría hecho gracia favorecer por solidaridad viril? ¿Qué habrían importado los medios si, al final, Maram hubiese seguido con vida? Pero en lugar de mantener la cabeza fría, de seguir un plan que sacase partido de la bajeza del gobernador de Gorea, me había dejado llevar por la emoción de verla tender las manos para que la encadenasen.

Había interpretado su gesto como una renuncia, la aceptación de un crimen que no había cometido. Resignada a no poder volver a la aldea de Sor, convencida de que el honor de su familia estaba irremediablemente perdido por su culpa, le había parecido justo convertirse en esclava. Pero ¿sabía lo que la esperaba al otro lado del Atlántico? ¿Pensaba, como muchos otros esclavos negros, que la conducían a un matadero para alimentar a los blancos de allá? Aquella muerte, lejos de su casa, ¿le era indiferente? Yo sabía muy bien lo que la esperaba en las plantaciones de caña de azúcar de Saint-Domingue o en la cama del señor De Vandreuil, el gobernador de Luisiana, el amigo de Saint-Jean.

Saint-Jean solo me retuvo en el calabozo medio día. No por piedad, sino porque sabía que no le interesaba tenerme allí más tiempo. Yo gozaba de una ventaja sobre él que le impediría contar en Francia mi loca tentativa de salvar a una negra de la que estaba enamorado. El riesgo de que lo denunciase a sus superiores era grande. Vender por su cuenta, a precio de oro, a bellas esclavas no habría implicado su destitución, desde luego, pues era una práctica tolerada entre los gobernadores de la isla de Gorea siempre que actuasen con comedimiento. Pero habría puesto en peligro su carrera. No habría sido propio de un buen político regalar a sus competidores, que codiciaban los mismos puestos prestigiosos que él, la certeza de que existía un testigo, exasperado, de su enriquecimiento personal a costa de la Compañía de Senegal. Por mínimas que fuesen las pérdidas ocasionadas a sus ingresos, en aquella época no se le podía robar impunemente al rey de Francia.

Saint-Jean debía de reprocharse haber hablado de más al anunciarme la venta de Maram al señor De Vandreuil. Lo entendí por la carta que me hizo llegar a la salida de mi encierro. Me decía que no me había comportado como un hombre razonable, que no ayudaría a mi carrera de académico publicar mi desgraciada pasión por una negra. En cuanto a él, se consideraba resarcido de las pérdidas económicas de las que era yo responsable con las cuatro horas de calabozo a las que lamentaba haberse visto obligado a condenarme, pero había tenido el deber de encerrarme para quedar bien ante sus hombres, que no esperaban menos de su autoridad. Concluía que estaríamos en paz si accedía a escribir algo sobre su buena administración de Gorea a mi regreso a Francia. Por «buena administración» había que entender los beneficios que Saint-Jean le procuraba a la Compañía de Senegal gracias a los esclavos que lograba reunir y mandar fuera de la isla. Cuatrocientas almas, más o menos, en la época en que me encontraba yo en el país.

De modo que me vi libre antes de poder pararme a pensar en las miserias de mi propia suerte. Si me hubiese quedado más tiempo encerrado en el calabozo donde había estado Maram, se habría añadido a mi dolor la difícil perspectiva de tener que explicarles a mis padres que había arruinado mi futura carrera de académico por amor a una negra. Por mucho afecto que me tuviese, mi padre jamás lo habría admitido, y tampoco tengo claro que mi madre me lo hubiese perdonado.

Saint-Jean me hizo abandonar la isla de Gorea con la orden de volver a Saint-Louis por el camino más corto, por la playa de la Grande-Côte. Acepté, puesto que era el camino que Ndiak debía tomar para volver de Nder, adonde se había arriesgado a ir a mediar en el caso de Maram ante su padre, el rey de Waalo.

Al desembarcar en el continente me encontré en la playa a mi escolta armada, así como a los porteadores de mis baúles. Ninguno supo o quiso decirme dónde estaba Seydou Gadio, ni tampoco que mi caballo había desaparecido al mismo tiempo que él. Rehuían mis miradas, sin duda me encontraban extrañamente sucio, andrajoso, con los ojos extraviados como los de un loco, pero ni se les ocurrió mofarse de mí, presintiendo que tenía ganas de morirme.

Indiferente a mi apariencia, les ordené que me condujesen a la aldea de Yoff, situada en la Grande-Côte. Sin Ndiak ni Seydou Gadio, solo éramos ocho. Así que seguí de lejos a los siete negros, que caminaban lo más lento posible para esperarme. Yo avanzaba, abrumado por los remordimientos, arrastrando los pies, parándome con frecuencia, mientras atravesábamos el bosque de Krampsanè. Cuando divisé el ébano perdido en medio de las palmeras y las datileras, fui a inspeccionar la tierra a sus pies. ¿Sería sobre aquella raíz que asomaba donde Maram habría apoyado la nuca, esperando la muerte tras su huida del barco de Estoupan de la Brüe? ¿Sería allí donde había enterrado su bastón de cuero rojo incrustado de cauris de la vieja curandera Ma-Anta? Afluían a mi memoria retazos de la historia de Maram, y una geografía imaginaria se superponía a la real. Fui de ébano en ébano, siguiendo el recorrido de la historia de Maram más que el camino que llevaba a Yoff.

Cuando por fin llegamos, al cabo de una jornada de vagabundeo, fui bien recibido por el jefe de la aldea de Yoff, a quien había conocido en mi primer viaje a Cabo Verde. Saliou Ndoye, como todo aquel que me cruzaba, había parecido asustado al verme. Comprendía que para que me dejasen rumiar mi pena debía dar buena impresión. Así que me deshice de las ropas que llevaba aún desde que Maram me las prestase —aún tuve la suficiente presencia de ánimo como para mandarlas lavar con cuidado y guardar en uno de mis baúles—. Me lavé, me afeité y me cambié. Actuaba como si me hubiese vuelto un autómata de Vaucanson, libre en la maquinaria de mi cuerpo sin que mi voluntad pareciese tomar el menor partido. Mi anfitrión, Saliou Ndoye, fue el primero que, al haber conocido al Michel Adanson de antes, ingenuo, curioso, sociable y bastante alegre, comprendió que el joven con el que se reencontraba no era el mismo.

Me había vuelto casi afásico, apático, ya no me interesaba nada, ni siquiera las plantas raras, ni las curiosidades de la bella naturaleza que ofrecían las inmediaciones de Yoff. Ya no podía ver el mar, lo detestaba desde que se había llevado a Maram, hasta el punto de que me preguntaba cómo iba a poder volver a Francia en barco. El mal de mar que siempre había sufrido no sería nada comparado con el oleaje del alma que me había invadido y que, esperaba, disminuiría conforme fuese volviendo en mí. Echaba de menos el frío, el olor de los sotobosques húmedos y de los champiñones, y también el sonido de las campanas marcando el ritmo de la vida del campo y la ciudad de mi país.

Ahora el género humano en su conjunto me parecía detestable y me detestaba a mí mismo. Una cólera continua ofuscaba mi visión del mundo, y, con aquella sabiduría común entre los negros de Senegal, Saliou Ndoye no se tomó a mal una descortesía que juzgó involuntaria. Me dejó tranquilo en la parcela que nos había cedido a mi escolta y a mí.

No me recompuse hasta tres noches después. A la mañana del cuarto día salimos de Yoff y fuimos a la playa que nos conduciría directamente a Saint-Louis, al norte. Me reproché no haber tomado la decisión de partir más pronto, porque en mi egoísmo había olvidado que así obligaba a Ndiak a recorrer más camino del que habría tenido que hacer para alcanzarnos.

Y, tal y como me lo había imaginado, dos días después de habernos marchado de Yoff, lo divisé a lo lejos en la playa, avanzando hacia nosotros.

Iba a pie y no a caballo. Su silueta alta y endeble

era muy reconocible. Desde la época en que lo vi por primera vez, había aumentado rápidamente de estatura, pero no había engordado. Su traje azul flotaba a su alrededor como una pequeña vela hinchada por el viento, lo arrastraba en sus remolinos, ahora hacia delante, ahora hacia atrás. Caminaba con pesadumbre. Un objeto voluminoso de color oscuro que apretaba contra el pecho con aquellos grandes brazos flacos que tenía ralentizaba su marcha tambaleante y obstinada. Corrí a su encuentro y pronto pude verlo con claridad. Venía en un estado lamentable; los ropajes se veían sucios, y las botas de jinete de cuero amarillo, de las que tan orgulloso estaba, lucían grandes manchas marrones. Lo que llevaba entre las manos, como quien mece a un bebé dormido, era la silla de montar inglesa que le había regalado el rey de Cayor en la aldea de Meckhé.

Nos quedamos uno enfrente del otro, sin decir palabra, adivinando sin dificultad en nuestras fisonomías la tristeza de nuestras mutuas historias.

Nos reencontramos a la altura de la aldea efímera de Keur Damel; los escasos vestigios de sus empalizadas tiradas por el viento se diseminaban por la playa. Hice colocar en la arena una gran estera sobre la que nos sentamos, de espaldas al mar. Ndiak llevaba sin comer desde el día anterior y, mientras chupaba un trozo de caña de azúcar para recuperar fuerzas y poder escucharme, le conté la muerte de Maram en Gorea. Al final de mi relato, sus ojos estaban llenos de lágrimas y guardamos silencio hasta que dijo estas palabras, que no he olvidado:

246

–La vida es muy extraña. Hace apenas siete días, esta aldea de Keur Damel nos resultaba un lugar completamente indiferente. Hoy es el origen de todas nuestras desgracias. El hombre que avanza por el camino de la vida cae en bifurcaciones, encrucijadas funestas, que no reconoce como tales hasta que las ha pasado. Keur Damel estaba en la encrucijada de cualquiera de los senderos posibles de nuestros destinos. Adanson: si Seydou Gadio y yo hubiéramos decidido llevarte en camilla a Yoff en lugar de a la aldea de Ben, quizá estuvieras muerto, o tal vez otra persona, y no Maram, hubiese podido devolverte la vida igual de bien. Durante tu convalecencia en Yoff, Baba Seck, que nos habría adelantado hasta Ben, tal vez habría sido asesinado por la serpiente gigante de Maram. Si le hubiese dado tiempo a hacer desaparecer el cuerpo de su tío en un rincón alejado del bosque de Krampsanè, o incluso bajo la tierra de su parcela, nadie en Ben habría descubierto jamás su verdadera identidad. Seydou Gadio no habría tenido ocasión de recuperar su fusil. Maram seguiría con vida y yo no habría ido a Nder a suplicarle en vano a mi padre, el rey de Waalo, que la indultase.

Al oír estas últimas palabras de Ndiak, no pude evitar llorar también yo.

Oímos detrás de nosotros el estruendoso tintineo de millones de pequeñas conchas marinas agitadas por el flujo y el reflujo del mar. Las exclamaciones de los integrantes de nuestra escolta, que por discreción estaban sentados lejos de nosotros, nos llegaban por oleadas de sonido arremolinándose en el viento marino que levantaba la arena.

Tras un largo rato fantaseando con lo que me había dicho Ndiak sobre los azares de nuestros destinos, le pregunté dónde estaba su caballo. ¿Se lo habían robado, igual que Seydou Gadio el mío? Ndiak me contestó que se había desplomado en plena carrera aquella misma mañana, después de galopar casi sin descanso desde que salieron de la aldea de Ben hacia Nder. Cuando Mapenda Fall cayó, fulminado, Ndiak salió disparado contra la arena de la playa, que amortiguó el impacto. Le había costado Dios y ayuda quitarle la silla. Para desenjaezarlo se vio obligado a destriparlo, de ahí las manchas de sangre de sus botas.

Yo sabía cuánto apreciaba Ndiak a aquel caballo que había bautizado con el nombre de su madre, y se me notó sorprendido por el desapego con el que me había contado su triste final.

—No voy a llorar por ese caballo —añadió—, igual que no voy a lamentarme del mundo del que vengo. Cuando le pedí a mi padre el indulto para Maram, me respondió que no era asunto suyo, que si me importaba la chica solo tenía que comprársela a De la Brüe. Ah, nuestra discusión no duró demasiado; la palabra del rey de Waalo es irrevocable. Y como mis dos únicas riquezas eran mi caballo y mi silla, pensé que podría vender a buen precio uno y otra una vez de regreso en Cabo Verde, para volver a comprar a Maram. He perdido el caballo, pero sigo teniendo la silla del rey de Cayor. La llevo cargando desde hace mucho. Ahora ya no me será de ninguna utilidad. Te la regalo, Adanson. —Ndiak hablaba con serenidad. No bromeaba, no pestañeaba como cuando quería pasarse de fino y de malicioso conmigo. Sonreía a la nueva vida que se prometía–. Mi caballo murió por intentar salvar a una chica de la esclavitud –añadió–. Y tuvo un final hermoso. ¿A qué precio se lo compró el rey de Cayor a los blancos o a los moros? ¿Por lo que valen diez esclavos? No debería haberle puesto el nombre de mi madre a ese regalo que debería haberme avergonzado más que enorgullecerme. Lo entendí justo después de ver a mi padre. Así que he decidido dejar el reino de Waalo y quedarme en el de Cayor. La única persona que lo sabe aparte de ti, Adanson, es mi madre. Me ha dado su bendición. Pero no pienso presentarme en Mboul o en Meckhé para sumar una boca inútil a la corte del rey de Cayor. Iré a Pir Gourèye. Allí estudiaré el libro santo del Corán para intentar alcanzar la sabiduría. Es el único sitio de este país donde está prohibido vender y comprar esclavos. En Pir Gourèye, un caballo no cuesta la libertad de hombres y mujeres como Maram. Espero que el gran morabito acepte que me convierta en uno de sus discípulos.

Tras estas palabras, Ndiak se sacó las botas y hundió la mano derecha en la arena inmaculada de la playa. Cogió un puñado que se pasó por la cara, las manos y los pies a modo de abluciones, y luego se puso en pie. Con la cabeza gacha y las palmas de las manos vueltas hacia el cielo, rezó un buen rato a su Dios mientras un breve crepúsculo enrojecía en su espalda.

XXXII

A la mañana siguiente, Ndiak ya no estaba. En el lugar exacto donde nos habíamos encontrado en la playa, mi gente había levantado un campamento. Habíamos compartido una última cena juntos a la luz de una hoguera que se había apagado poco a poco mientras él intentaba consolarme por la pérdida de Maram. Ndiak había desaparecido sin despedirse al amanecer, cuando yo aún dormía. Partió rumbo al este, de espaldas al Atlántico, según lo que me contó uno de nuestros porteadores, sin duda hacia Pir Gourèye, como me había contado.

Su marcha me hizo tanto daño como la de Maram. Para mí fue como si también hubiera muerto. Desde entonces, en mi cabeza, ambos viajaron por mundos irreales, sueños de existencia, por cruces de caminos que, a medida que pasaban bajo mi impulso imaginario, los alejaban cada vez más de mí.

Me notaba la mente vacía, nada me interesaba. Ya no observaba las plantas, ni las aves, ni las conchas que podría haber recolectado a orillas del mar que seguía para volver a Saint-Louis. Calculé hasta qué punto un país, por muy hermoso e interesante que sea de principio a fin, no representa nada cuando no lo poblamos con nuestros anhelos, nuestras aspiraciones y nuestras esperanzas. En adelante, la visión de los baobabs, de los ébanos, de las palmeras, reavivaba mi deseo de volver a ver robles, hayas, álamos y abedules. Ya nada en África me despertaba curiosidad. Estaba cansado de la luz cruda de su sol devorador de sombras. Todo lo que al llegar a Senegal había encontrado bello, nuevo, inusitado –hombres, frutas, plantas, animales extraños, insectos, reptiles– ya no me maravillaba. Echaba de menos la frescura de las brumas matutinas, el olor de las setas en el sotobosque, el ruido de los torrentes de nuestras montañas. No tenía más deseo que volver a Francia.

Una vez de vuelta en la isla de Saint-Louis, casi no salí. Estoupan de la Brüe no pidió entrevistarse conmigo. Sin duda, su hermano le había escrito para contarle lo que me había pasado en la aldea de Ben y en la isla de Gorea. De la Brüe no debía de tener ningunas ganas de oírme hablar de Maram. Y, por toda alusión a la misión de espionaje en el reino de Cayor que me había encomendado, me conformé con enviarle la silla inglesa que Ndiak me dejó. La acompañé con una breve carta en la que explicaba que se trataba de un regalo del rey de Cayor, lo cual revelaba que tenía trato tanto con los ingleses como con los franceses. Ignoro lo que hizo con esta información Estoupan de la Brüe, pero, cinco años después de marcharme de Senegal, los ingleses se apoderaron de Saint-Louis y de Gorea.

Esperando mi regreso a Francia con tanta impaciencia como yo, Estoupan de la Brüe me organizó un jardín de pruebas junto al fuerte de Saint-Louis. Pronto no tenía otra cosa en la cabeza que aclimatar en aquel jardín plantas y frutos de Francia con las semillas que me habían enviado los hermanos Jussieu, mis maestros de la Real Academia de Ciencias de París. Y fue gracias a este jardín que me unía con Francia como la nostalgia de mi país fue sustituyendo gradualmente a las desapariciones de Maram y Ndiak.

Después de haber abandonado durante un tiempo la descripción de plantas para reencontrarme con los humanos, volví a mi primera pasión, fui recuperando poco a poco el gusto por el estudio de la naturaleza. Retomé progresivamente mis hábitos de trabajo y por fin me lancé a mis investigaciones de botánica con gran entusiasmo, puesto que encontraba en ello el consuelo del olvido. Fue en esta época cuando concebí mi proyecto de la enciclopedia universal y cuando empecé a poner mi intelecto a su servicio día y noche.

A veces, a pesar de mis nuevas preocupaciones, la negra melancolía recuperaba sus derechos sobre mí. Me invadía brutalmente y para zafarme de ella tenía que concentrarme en mis sensaciones. Una vez averiguada la impresión sensorial que me recordaba a Maram, me esforzaba por erradicarla o, cuando era imposible, ignorarla.

Cinco semanas antes de mi regreso a Francia había emprendido un último viaje en piragua por Senegal hasta la aldea de Podor, donde la Compañía tenía muchos intereses. Me había impuesto la tarea de cartografiar los meandros del río desde su embocadura y de recolectar las semillas de varias plantas raras que guardaba para el Jardín del Rey. Les pedía a menudo a los *laptots* –aquellos pescadores que nos hacían de intérpretes a los franceses– que conducían nuestra piragua que me llevasen a la orilla, ya fuera para confeccionar planos topográficos, ya fuera para cazar y herborizar al mismo tiempo. Estaba absorto en las descripciones, que quería que fuesen precisas y que acompañaba de dibujos con la idea de hacerlos grabar para mi enciclopedia, mi *Orbe universal*. Grandes animales como los hipopótamos o incluso esos manatíes que los marineros europeos de antaño confundieron con las sirenas de la mitología abundaban en aquella parte del río alejada de Saint-Louis.

A medio camino no me había sucedido nada fuera de lo común, y, como nuestra piragua de tratantes no avanzaba apenas a causa de las fuertes corrientes en contra, en lugar de aburrirme pasaba la mayor parte del tiempo en la margen izquierda del Senegal. En compañía de un *laptot*, cazaba, para distraerme, todos los animales de pelo y pluma que podía. Tampoco me olvidé de recoger las flores más extrañas que encontraba y de prepararlas para mis herbarios. Y así, absorto en unas u otras actividades, conseguí no pensar en Maram, hasta el momento en que, una tarde, reapareció de pronto en mi mente con una agudeza que me desconcertó.

Consciente de que nuestros pensamientos no tienen nada de inmaterial y que a menudo son el resultado de impactos sufridos por uno o varios de nuestros sentidos, enseguida busqué la causa de la irrupción de Maram en mi memoria. Tras un lapso bastante breve, descubrí que el origen de que mi sufrimiento volviese no era la visión de un animal, ni siquiera de una planta de aquella sabana, casi idéntica a la de la aldea de Sor, sino un olor a corteza de eucalipto consumiéndose. Cuando Maram me contó su historia, en la penumbra de su cabaña de Ben, la humareda del incienso que se escapaba de un pequeño recipiente de terracota con filigranas geométricas olía a corteza de eucalipto quemada. Con este recuerdo, se apoderó de mí un vértigo de tristeza que me hizo caer en el suelo. Y arrodillado, a pesar de la presencia del *laptot*, me eché a llorar a mares, como jamás lo había hecho hasta entonces, ni siquiera cuando acababa de perder a Maram en la isla de Gorea.

¡De modo que seguía a merced de cualquier sensación que me evocase a Maram! Comprendí que su recuerdo no dejaría de atormentarme hasta que abandonase Senegal. Pero allí donde me encontraba, en una orilla del río, en medio de la nada, lejos de Saint-Louis, había caído en la trampa de los remordimientos, de mi amor cortado de raíz, de mis esperanzas frustradas. Y la idea cruel de que a Maram y a mí nos habría resultado imposible vivir juntos por culpa de los prejuicios de nuestros respectivos mundos y de que incluso si siguiera viva no habríamos podido unirnos, ni ante Dios ni ante los hombres, me suscitó, una vez pasada la llantina, una inmensa cólera. Poseído por una rabia destructiva, deseoso de aniquilar aquel olor a corteza de eucalipto quemada, no se me ocurrió otra solución más monstruosa que la de incendiar los matorrales para que desapareciese, tapada por los olores de miles de otras esencias de árboles, hierbas y flores ardiendo.

Como la práctica de la quema para fertilizar las tierras era común en Senegal, el *laptot* que me acompañaba, aunque fuese pescador y no agricultor, no se sorprendió al ver cómo me desvivía para que el incendio fuese gigantesco. Con su ayuda, creo que incendiamos varias hectáreas de la sabana.

Estábamos sudorosos; el calor sofocante del final del día lo aumentaban las llamas que se elevaban a nuestro alrededor. Y así, perseguidos por nuestro propio fuego, fue como finalmente, extenuados, tuvimos que refugiarnos en la orilla, donde nos dio el tiempo justo de meternos en nuestra piragua. Apenas nos alejamos del borde del río, vimos como se acercaban unos largos troncos de corteza agrietada y oscura. Eran cocodrilos negros que pululaban por aquellos lares y que venían a recoger el tributo de presas asadas que les ofrecía la sabana en llamas. Y, en efecto, huyendo del incendio, animales de todos los tamaños y colores se zambullían en el Senegal, donde, entre remolinos de agua, no les daba tiempo a morirse ni quemados ni ahogados cuando ya los atrapaban las enormes fauces rosas o amarillo claro de los cocodrilos negros.

Cuando terminó el día, refugiados en nuestra piragua, no muy lejos del escenario de aquella matanza, mis compañeros *laptots* y yo contemplamos en silencio el incendio combatiendo contra el agua. Unas lenguas de fuego engullían los árboles, que se desplomaban en el río humeantes de todos sus sacrificios de madera y de carne, de savia y de sangre, que yo le había ofrecido. Pero en medio de aquel caos de luces cegadoras y de humaredas acres, en aquel apocalipsis de agua, de fuego y de aire tórrido, a pesar de toda la energía que había desplegado para erradicarlo, creí notar aún el olor embriagador de la corteza de eucalipto quemado que me recordaba a Maram. Maram, siempre Maram.

XXXIII

Una vez de vuelta en la isla de Saint-Louis, después de mi viaje fluvial hasta la aldea de Podor, de la que me cansé en tres días, empecé a poner en orden mis asuntos para preparar mi regreso a Francia. Tenía que clasificar en cajas las colecciones de conchas, plantas y semillas que había reunido en Senegal a lo largo de los cuatro años que habían durado mis investigaciones en historia natural. Esta actividad me ocupó la mente durante todo un mes sin que el recuerdo de Maram viniese demasiado a menudo a afligirme. Pero la antevíspera a mi partida de Senegal, la noche en que me dedicaba a la organización de mis pertenencias, creí que mi corazón, atrapado por el incendio que había provocado junto al río, iba a quedar reducido a cenizas.

Encontré de nuevo en uno de mis dos baúles roperos, en la parte de arriba, cuidadosamente lavados y doblados, tal y como le había pedido a mi gente cuando estábamos en Yoff, el pantalón de algodón blanco y la camisa adornada con cangrejos violetas y pececillos amarillos y azules que Maram me había dado para cambiarme la noche fatal que pasé con ella. Aunque aún exhalaban aquel olor a manteca de karité que nunca me había gustado, decidí conservarlos. No me los volvería a poner jamás, pero eran una de las escasas pruebas tangibles de que Maram me había prestado atención, que se había esforzado en cuidarme. En cambio, la camisa, la ropa interior y el calzón sucios de los sudores de la fiebre que me había sorprendido en Keur Damel los tiré. Estos ropajes estaban manchados de rastros rojizos que la lluvia de la tormenta había extendido cuando después de lavarlos los colgué de una empalizada de la parcela de Maram. A la luz de la vela que iluminaba mi habitación en el fuerte de Saint-Louis, parecían manchados de sangre coagulada.

Fui colocando mis trajes uno por uno en el suelo para ordenarlos cuando, ya casi a punto de llegar al fondo del baúl, que la débil luz de la vela no lograba iluminar, noté bajo los dedos un tacto que no era el del tejido de ninguna ropa. Creyendo que había rozado uno de esos grandes lagartos inofensivos que en Senegal llaman *margouillats*, aparté la mano de golpe. Pero ¿cómo iba a haberse colado aquel *margouillat* en mi segundo baúl ropero, cerrado desde la aldea de Yoff hasta Cabo Verde, hacía varios meses? Levanté la vela y descubrí que la piel que había tocado era, efectivamente, la de un reptil, pero no la de un *margouillat*, como había pensado de entrada. Al resplandor danzante de la llamita, creí desfallecer de alegría y temor mezclados al vislumbrar, cuidadosamente doblada, brillante como si aún recubriese a un animal vivo, negra, de rayas amarillas claras, la piel de la serpiente tótem de Maram.

Entonces comprendí por qué, al abrir el baúl, había salido un olor a manteca de karité: era gracias a aquel ungüento vegetal que Maram evitaba que la piel se secase y perdiese sus colores. Sin duda, era también un ritual que ofrecía a diario a su *rab* para que le fuese propicio. Pero ¿qué hacía allí aquella piel de boa? ¿La había puesto Maram? Si había logrado acceso a mi baúl, ¿para qué iba a hacer eso?

Conmovidísimo, tuve la total seguridad de que, independientemente de cómo hubiese acabado entre mis pertenencias, aquella piel de serpiente podía ser la prueba decisiva –más que la mano confiada que había puesto en la mía cuando la arrastré a la muerte en el pontón de la isla de Gorea– del amor de Maram hacia mí. Y se me encogió el corazón al descubrir que todas las vidas felices que había compartido en sueños con ella desde su muerte habían adquirido una nueva parte de reciprocidad que me las volvía más queridas que nunca. ¡De modo que Maram me había amado! ¿Había sentido nacer sentimientos por mí mucho antes de mi tentativa desesperada de salvarla en el pontón de Gorea? ¿Había sido cuando le conté que había ido desde Saint-Louis hasta la aldea de Ben por curiosidad de verla? ¿Fue porque había escuchado su historia sin interrumpirla apenas? Un nuevo océano de ideas dulces se abría ante mí y casi me habría sentido feliz de no ser porque aquella asombrosa prueba de los sentimientos de Maram iba asociada a la cruel consciencia de su pérdida.

Pronto me preocupé por saber cómo habían podido colocar la piel de su *rab* protector en mi baúl ropero. Descarté que hubiese sido la propia Maram, porque estuvo todo el tiempo vigilada por Seydou Gadio. Tampoco pensaba que fuese cosa de Senghane Faye, su mensajero, el único aldeano de Ben que había intentado defenderla cuando Seydou anunció que se la llevaría prisionera a Gorea. Senghane no habría tenido ocasión, porque mi escolta, lo mismo que Ndiak, había velado siempre por mis pertenencias.

Un atisbo de respuesta a este enigma me vino a la mente cuando recordé cómo Seydou Gadio había asegurado que encontró el rastro de Maram en la sabana. Si era cierto, como el guerrero había dicho, que ella había ido arrastrando adrede el bastón por el suelo para que la localizase fácilmente bajo aquel ébano, y si era verdad también que Seydou, a pesar de su carácter inflexible, le había permitido a Maram enterrar el bastón de la vieja curandera, ¿no era igual de verosímil que hubiesen hecho otro trato, fruto del temor del guerrero de contrariar a una mujer tan poderosa? No era increíble que Seydou, a cambio de comprometerse ella a no escapar, y sobre todo por miedo a represalias místicas en las que él creía, hubiese accedido a la petición de Maram de esconder la piel de su tótem entre mis cosas. Retrospectivamente, me pareció que el guerrero no había sido tan inflexible con lo de llevarla a Gorea por voluntad propia como porque Maram se lo había ordenado. Su cólera contra mí obedecía a su miedo a la joven que sabía amaestrar boas contra los hombres. Seydou era el único miembro de mi comitiva que había podido acceder a mi baúl sin despertar la más mínima sospecha.

A la mañana siguiente, pedí noticias de Seydou Gadio a los guardias del fuerte. Quería saber si había sido él quien había escondido la piel de serpiente en mi baúl a petición de Maram. Esperaba también que reprodujese las palabras exactas de Maram. El tiempo apremiaba, era la víspera de mi regreso a Francia. Pero me hicieron saber que hacía mucho que no volvía por Saint-Louis y que incluso su compinche habitual, Ngagne Bass, ignoraba su paradero.

Así que, ya fuera por temor a que le pidiese explicaciones por su insistencia en llevarse a Maram prisionera a Gorea o que le exigiera que me devolviese el caballo que me había robado, Seydou Gadio, el viejo guerrero, no había vuelto a la isla de Saint-Louis. Quizá había regresado directamente a Nder, puesto que su misión era vigilarnos a Ndiak y a mí para el rey de Waalo más que para el director de la Compañía de Senegal. Aunque estaba casi seguro de que Seydou, que era waalo-waalo, había tomado el mismo camino que yo, la larga playa de la Grande-Côte, para abandonar Cabo Verde, era posible que se hubiese desviado hacia el noreste, en dirección a Nder, sin preocuparse de ir a informar a Estoupan de la Brüe de mis desventuras. Y, hecha esta reflexión, no me pareció mal no haberlo vuelto a ver, porque sin duda no habría soportado oír las últimas palabras de Maram sobre mí, fuesen las que fuesen, repetidas por Seydou Gadio.

Cuando fui a despedirme de él, unas horas antes de mi partida hacia Francia, Estoupan de la Brüe me recibió con frialdad. La lengua francesa tiene la ventaja de que permite cumplir formalmente con los deberes de cortesía sin poner en ello el corazón y sin que se considere una afrenta directa. Y con el mismo tono cortés y frío que el suyo le informé del éxito de mis plantaciones en el jardín de pruebas que me había asignado al final de mi estancia. Los vegetales y las frutas de Europa, que habían tenido tiempo de brotar con profusión, demostraban que las tierras cercanas al río Senegal eran propicias para todo tipo de cultivos. Si hubiese tenido tiempo libre y ganas, y sobre todo si él me hubiera animado con una mayor apertura de mente, habría añadido a mi breve disertación agrícola que los miles de negros que la Compañía de Senegal enviaba a las Américas habrían estado mejor empleados en cultivar las tierras cultivables de África. La caña de azúcar crecía sin esfuerzo en Senegal, y el azúcar del que tanta necesidad tenía Francia podría haber sido enviado a un menor coste que el de las Antillas. Pero Estoupan de la Brüe era la última persona que podía entender este bello discurso que solo insinué en mi relato de viaje publicado cuatro años después de mi regreso a París. Mi idea era, en efecto, incompatible con la riqueza de un mundo que giraba gracias al comercio de millones de negros desde hacía un siglo. Así que teníamos que continuar comiendo azúcar impregnado en su sangre. Los negros no se equivocaban al creer —quizá sigue siendo el caso en la actualidad— que los deportábamos a las Américas para devorarlos como ganado.

XXXIV

Salí sin pesar de Senegal rumbo a Francia a finales del año 1753. Y cuando llegué al puerto de Brest, el 4 de enero de 1754, el invierno era tan frío que todos los arbustos y hasta las semillas que tenía preparadas para las plantaciones exóticas del Jardín del Rey se habían helado. Un periquito de plumas amarillas y verdes que había creído poder aclimatar a París también se me murió. Yo mismo tenía el corazón helado y ya no era el mismo. Mi padre había muerto pocos meses antes y mi tristeza había aumentado al saber que no habría podido explicarle, como tampoco a mi madre, el motivo de mi profunda melancolía.

No tenía a nadie en quien confiar, todos mis allegados la atribuyeron al cansancio de mi viaje por África. Y, a falta de algo mejor, terminé por comprimirla tanto en mi corazón, consagrando todas mis fuerzas a la búsqueda de un método universal de clasificación de todos los seres, que creí haber hecho desaparecer mi pesadumbre para siempre.

Como todos los jóvenes, o por lo menos eso supongo, borré poco a poco mis penas de amor por Maram. A decir verdad, mi pasión por la botánica había vuelto a adueñarse de mí, y me daba cuenta de que, en los escasos momentos de ocio mental, sobre todo por la noche antes de irme a dormir, la imagen de Maram se me aparecía cada vez con menos frecuencia. A veces, preso de los remordimientos, abría mi cofre de los tesoros senegaleses para tocar la piel de su tótem. Yo no la cuidaba como debería y veía a las claras que al secarse iba perdiendo el lustre de sus dos colores impresionantes, aquel negro azabache y aquel amarillo parecido al del vientre de una calabaza. Pero, poco a poco, aquella piel de serpiente pasó a no decirme nada de Maram. Ni una ni otra parecieron resistir el clima de París, su atmósfera de racionalidad.

A veces algunos recuerdos se marchitan, igual que una planta delicada pierde sus hojas, cuando el espíritu que los alimenta no los rodea del mismo afecto, de la misma solicitud que antes. Sin duda, es porque se ve absorbido por las aspiraciones surgidas de un mundo muy distinto, muy alejado de los ritos, de las representaciones de la vida y de la muerte, de lo que abandonamos. Al dejar de hablar wólof, dejé de soñar en esa lengua, como había seguido haciéndolo durante unos pocos meses después de mi regreso de Senegal. Y, como si ambas cosas estuviesen unidas, cuanto más escapaba de mi mente aquel idioma que había compartido con Maram, menos frecuentaba ella mis recuerdos y mis sueños.

Mi primera traición fue regalar la piel del tótem de Maram al duque de Ayen, Louis de Noailles, a quien dediqué también mi *Viaje a Senegal*, publicado en 1757. Creo que valoró más aquel regalo espectacular que mi libro. Me han contado que sacaba la piel de boa de su gabinete de curiosidades y se recreaba desplegándola en toda su inmensa longitud en el comedor de su casa particular para dejar sin apetito a sus invitados. La había bautizado como «la piel de Michel Adanson», y como yo no dejé claro cómo la había obtenido, no tardó en pretender que era yo quien había matado a aquella serpiente gigantesca. Pero precisaba que, visto su tamaño, no podría haberlo conseguido sin la ayuda de diez cazadores negros avezados en la persecución de aquellos monstruos que solo la naturaleza de África puede generar.

No estoy orgulloso de confesarlo ahora, pero, cuando el tiempo fue borrando poco a poco el hermoso rostro de Maram de mi memoria, acabé por asimilar mi pasión por ella con una exaltación amorosa inconfesable, una locura de juventud sin consecuencia. Mi ambición de sabio se volvió tan voraz que le sacrifiqué a Maram sin remordimientos. Y, obsesionado con mi búsqueda de reconocimiento y de gloria, erigido en especialista de todo lo que tuviera que ver con Senegal por mis colegas, publiqué una nota, destinada al Ministerio de las Colonias, sobre las ventajas del comercio de esclavos para la Compañía de Senegal en Gorea.

Elucubré, argumenté, ajusté cifras favorables a aquel tráfico infame contra mis convicciones, ya pro-

267

fundamente ocultas, sepultadas en mi alma. Sumido en el estudio de las plantas, arrastrado por una sucesión de pequeños compromisos alimentados por la esperanza de publicar un día mi *Orbe universal*, del que esperaba la gloria, perdí de vista a Maram, es decir, la realidad tangible del esclavismo. O, por lo menos, disimulé ante mis propios ojos aquella realidad tras una demostración contable y abstracta de sus ventajas. Ahora puedo decirme que maté por segunda vez a Maram cuando escribí aquella nota animando al comercio de esclavos en Gorea.

Mi padre había aceptado que no me consagrara a la religión con la única condición de que lograse convertirme en académico. Sustituí un sacerdocio por otro, y, como hombre de Iglesia profana, me puse a la orden de la botánica en cuerpo y alma. Prisionero voluntario de la palabra dada, un día saqué fuerzas para escribir contra el amor que sentí por una joven casi en el mismo instante en que la perdía para siempre.

Ha hecho falta, más de cincuenta años después de la muerte de Maram, un acontecimiento del que te hablaré un poco más adelante en mis cuadernos, Aglaé, para resucitar los recuerdos extremadamente dolorosos del amor profundo que nunca he dejado de experimentar por ella, a pesar del dilatado letargo de mi memoria.

Cuando me casé con tu madre, mi querida Aglaé, Maram ya no existía en mi mente. Jeanne era mucho más joven que yo y he de decir que, durante los primeros tiempos de nuestro matrimonio, me devolvió a la vida. Abrí mi corazón a su gusto por el teatro, la poesía, la ópera. Casi un año antes de tu nacimiento, tu madre logró incluso apartarme de mi trabajo. Me arrastró al Palais-Royal la noche del estreno del *Orfeo y Eurídice* de Gluck, el 2 de agosto de 1774 exactamente.

En esta fecha aún no estaba en el punto de intentar conciliar mi amor por tu madre con mis ambiciones académicas. Fue su energía lo que me ayudó en 1770 a superar la decepción de ver la silla que me habían prometido en el Jardín del Rey asignada a un plagiario, un advenedizo en la botánica, el propio sobrino de Bernard de Jussieu, mi antiguo mentor. También fue tu madre la que volvió atractivos los cursos de historia natural que impartí en casa, en la rue Neuve-des-Petits-Champs, dos años después, de 1772 a 1773. Tenía ese gusto por las relaciones mundanas del que yo carezco. Tu madre comprendió mucho antes que yo que jamás tendría la oportunidad de publicar mi *Orbe universal* sin el apoyo de personajes de prestigio. Su don de gentes, su habilidad, habrían acabado dando frutos, y la fortuna me habría sonreído si no la hubiese ignorado todas las veces que tu madre me la presentó.

Aquella noche de agosto de 1774 estaba feliz de que tu madre me hubiese arrastrado a la ópera. Teníamos un buen sitio, en el palco del duque de Ayen. No había que ser muy perspicaz para adivinar que aquel protector de las artes y las ciencias, a quien había dedicado *Viaje a Senegal* y regalado la piel de la boa gigante de Maram, solo había frecuentado mis cursos de botánica para cortejar a tu madre. Por agradarla, conociendo su afición por la gran música, Louis de Noailles nos había prestado su palco en el teatro del Palais-Royal. Llegamos con retraso por algún motivo que he olvidado, seguro que por mi culpa. La orquesta en su foso había terminado de afinar. Cuando llegamos a nuestro palco, se hizo el silencio entre la concurrencia. Algunos anteojos se giraron hacia nosotros. El grupo reunido allí era esplendente y yo no estaba muy a gusto. Me eché hacia atrás en mi butaca, así que tu madre, con el busto adelantado, era la única de los dos visible desde los palcos vecinos. Tengo el recuerdo de su cara iluminada por los miles de velas de la araña suspendida en el cielo de la escena donde ya estaba instalado el decorado del primer acto. Un bosquecillo de árboles pintados sobre tela con una tumba de mármol en cartón a los pies. Un grupito de pastores y pastoras echaba con indolencia flores frescas sobre la tumba de Eurídice. Luego, mientras el coro se lamentaba, apareció Orfeo llorando la muerte de su bienamada.

Inmerso en los conmovedores cantos que se elevaban de la escena, transportados por la sublime música de Gluck, el rostro de tu madre, que se volvía a veces hacia mí, reflejaba las emociones de los personajes. A decir verdad, no era tanto el reflejo de sus emociones como una serie de expresiones llegadas de su propio fondo, como si, ahora Eurídice, ahora Orfeo, ocupasen su ser, se apoderasen de su alma surgiendo de sus ojos por destellos.

El dios Amor, conmovido por el lamento de Orfeo, intercede ante Júpiter, el dios de dioses, para que el príncipe de Tracia pueda ir a buscar a su Eurídice a los infiernos. Júpiter tonante acepta, pero con la condición imposible de que Orfeo no se vuelva en ningún momento a mirar a Eurídice durante el camino de regreso a la vida.

Orfeo desciende a los infiernos y coge de la mano a Eurídice. Los dulces acentos de una flauta ligera destacan por encima de los violines. Pero Eurídice se niega a seguir a Orfeo, porque este no la mira. No comprende por qué el hombre al que ama no la busca con la mirada tras una separación tan larga. ¿Sigue amándola Orfeo? ¿Tendrá miedo de que la muerte la haya desfigurado? Eurídice sufre, retira la mano que le había cogido Orfeo. «Pero ¡tu mano ya no sostiene la mía! / ¡Y rehúyes la mirada que tanto amabas!» La pobre Eurídice ignora la terrible condición que Júpiter le ha impuesto a Orfeo para resucitarla. Afligido por los temores de su bienamada, desobedeciendo la orden insoportable de Júpiter, Orfeo se vuelve entonces hacia Eurídice para demostrarle que la sigue amando. Ella desaparece al instante como una sombra, los infiernos la atrapan de nuevo. Estruendo de violines. Gritos del coro. Desesperación de Orfeo.

Orfeo se insta a suicidarse, su única oportunidad de reunirse con Eurídice para toda la eternidad. Pero si, en el mito, Orfeo acaba matándose para reencontrarse con Eurídice en los infiernos, Gluck no está de acuerdo, y en una oleada final de violines dulces y de flauta tierna, el dios Amor salva a Orfeo de la muerte y devuelve a Eurídice a la vida.

Había estado viendo durante los tres actos a tu madre llorar, tan pronto de pena como de alegría, y creo que no olvidaré jamás su sonrisa mezclada con lágrimas la única vez que volvió del todo su hermoso rostro hacia mí. Yo le había cogido la mano derecha con mi mano izquierda y la apretaba con fuerza.

XXXV

El tiempo pasó y nos separó a tu madre y a mí.
Si existe una prueba de que nos amamos, desde luego eres tú, Aglaé. Llevas el nombre de la mensajera
de Afrodita, la más joven y radiante en belleza. Se
lo debes a tu madre, cuya sensibilidad para las bellas fábulas de los griegos, aun cuando yo no la com-
partiese durante mucho tiempo, siempre me agra-
dó. Podría haber sido feliz con vosotras dos si la
botánica no me hubiese privado del tiempo que mi
amor os debía. Esta ciencia ha sido mi duena tirá-
nica. Ha quemado todo a mi alrededor y yo no he
sabido desembarazarme de ella pese a sus celos de-
voradores.

Desde que empecé a escribir estos cuadernos para
ti, Aglaé, creo que he conseguido librarme por completo de su control. Pero, a decir verdad, no comencé
a liberarme de mi obsesión de publicar mi enciclopedia universal hasta principios del mes de abril del año
pasado, justo después del fracaso de mi última inten-

273

tona para que se publicase en la integridad de sus ciento veinte tomos.

Había escrito al emperador otra carta en que le pedía el favor de que fuera el mecenas de mi *Orbe universal*. Su respuesta, la promesa de una gratificación de tres mil francos, me pareció una limosna. Una limosna concedida a los últimos antojos de un viejo académico. Pensé en rechazarla, porque no le estaba solicitando una pensión suplementaria. Confié mi decisión a mi amigo Claude-François Le Joyand, que no dejó de intentar convencerme de que aceptase aquel pequeño donativo imperial —mi rechazo lo dejaba en mala posición, pues había sido él quien se había servido de sus contactos para que el emperador se dignase a echarle un vistazo a mi carta—. «Un favor puede atraer otro. El emperador acabará por comprender la utilidad de tu enciclopedia para el esplendor científico de Francia en Europa», no cesaba de repetirme.

Y fue con estas palabras con las que me recibió Le Joyand en su casa el 4 de abril de 1805. Había aceptado su invitación para que me consolase por mi enésima decepción editorial. Claude-François Le Joyand ha sido uno de los pocos colegas académicos a los que consideraba también amigo. Pero me quedé muy decepcionado cuando descubrí, en el vestíbulo de su apartamento, un grupo bastante numeroso al que conocía en parte. Guettard, mi peor enemigo, estaba allí. Lamarck también. Había dado por hecho que yo era el único invitado y me equivocaba. Le Joyand estaba moviendo los hilos para convertirse en adjunto de la secretaría perpetua de la clase II del nuevo Instituto Imperial de las Ciencias y las Artes; intentaba conciliar el antiguo mundo académico con el nuevo.

Después de presentarme a la decena de personas que había, según palabras suyas, reunido en mi honor, me cogió por el brazo para conducirme hacia una puerta de doble hoja abierta a un gran salón. Todo el mundo nos siguió, incluidos Guettard y Lamarck, que me habían saludado ceremoniosa, casi cordialmente, sin rastro de la ironía velada que podría haber sido esperable. Pero apenas había dado unos pasos en el interior de aquella sala cuando me quedé petrificado.

Al verme palidecer, interrumpiendo los cumplidos que me dirigía una mujer a la que yo ni miraba, Le Joyand me presentó a la que había llamado mi atención tan violentamente. Al verla, creí sentir que me daba un vuelco el corazón. Y, mientras él me contaba cómo había conseguido que su propietario le permitiese tenerla en su salón, yo casi no lo estaba escuchando ya, puesto que me pareció que, regresada de las entrañas de los infiernos donde la había abandonado mucho tiempo atrás, Maram me escrutaba con tristeza.

Era un cuadro. El gran retrato de una negra, con una túnica y un pañuelo blancos, sentada en una butaca cubierta por una tela de terciopelo azul noche, con un pecho al aire, la cabeza girada de tres cuartos hacia mí. Le Joyand la había hecho colgar frente a la entrada del salón. Al principio no la había visto, ocupado en saludar al resto de los invitados. Eso no sucedió hasta que levanté la mirada para examinar el lugar adonde me hacían pasar.

275

Orgulloso, Le Joyand pensaba que había logrado transportarme a un período que consideraba el más glorioso de mi vida. A él le debía el sobrenombre de Peregrino de Senegal, que mi falta de modestia me había hecho adoptar sin demasiada resistencia, por desgracia. Él mismo había hecho una breve escala en Senegal en 1759, durante una expedición científica que había llevado a cabo bajo la dirección de Nicolas-Louis de La Caille, un astrónomo de renombre. Destinado a ir a observar el paso del cometa Halley por el cielo de la gran isla de Madagascar, el periplo había sido un fracaso; la noche del paso anunciado, unas nubes lo habían ocultado a las lentes de los sabios. Pero a Le Joyand, que sacaba provecho de todo, le encantaba contar fragmentos de su viaje de hacía ya casi cincuenta años. Se vanagloriaba de haber captado los caracteres dominantes de la belleza de las mujeres wólof, a pesar de la brevedad de su estancia.

—Mírela bien, Adanson. ¿No le parece que se parece a las mujeres que vimos usted y yo en Senegal? —me repetía.

Me contó que se llamaba Madeleine, que procedía de Guadalupe. Era la sirvienta de sus amigos de Angers, los Benoist-Cavay, que la habían comprado al desembarcar, proveniente de la isla de Gorea. Solo tenía cuatro años y no se acordaba de su tierra natal. Pero su rostro hablaba por ella. Le Joyand estaba seguro de que era de raza wólof.

—¿No le parece, como a mí, Adanson, que debe de ser wólof?

Todos sus invitados observaban el retrato de la negra Madeleine, y Le Joyand, el centro de atención, no me dejó ni tiempo a responder. Yo habría sido incapaz, del nudo que tenía en la garganta.

Sus amigos angevinos, los Benoist-Cavay, tenían una cuñada, Marie-Guillemine Benoist, pintora de gran talento, que se había empeñado en retratar a la hermosa sirvienta negra. Cuando supieron que Le Joyand deseaba colgar aquel retrato en una pared de su salón en honor de Michel Adanson, sus propietarios no habían vacilado en pedir que la pintora se lo prestase. Marie-Guillemine Benoist había aceptado separarse del cuadro solo durante dos días.

–Entonces ¿me confirma, Adanson, como no ceso de decirles a los Benoist-Cavay, que Madeleine es sin duda una negra de origen wólof y no bambara?

Tuve la presencia de ánimo suficiente para responderle a Le Joyand que sí, que con toda seguridad la joven del retrato era de origen wólof y que yo había incluso conocido a una que se le parecía extrañamente. Un largo cuello idéntico, la misma nariz aguileña, la misma boca…

No me dio tiempo a pronunciar el nombre de Maram. Le Joyand, empeñado obstinadamente en complacerme, me condujo, así como al resto de sus invitados, hacia unos asientos dispuestos en semicírculo alrededor de unos atriles de músico. A mí me tocó una butaca en la primera fila y, apenas instalado, descubrí que una de las jóvenes a la que había saludado distraídamente en el vestíbulo era cantante de ópera. Se presentó con mucha gracia para anunciarme que cantaría, acompañada de un violín, un violonchelo, un oboe y una flauta, unos extractos de la primera y segunda escenas del tercer acto de *Orfeo y Eurídice*, de Gluck.

Aquello no era simple coincidencia; yo había tenido la debilidad de confesarle un día a Le Joyand que nunca había asistido a ninguna otra ópera que a esta de Gluck. De manera que se las ingenió para hacer interpretar aquellos fragmentos en su casa, aquel día, como si se tratase de demostrarme, mientras estuviese vivo, la fuerza de su amistad.

Cuando los instrumentos preludiaron las primeras melodías de la cantante, debo reconocer que sentí gratitud hacia Le Joyand por haber organizado aquel concierto, porque pensé que el tiempo que durase la velada musical lograría desprenderme de mis emociones. Pero me equivocaba. Me descompuse en cuanto la cantante, una soprano, se puso a modular los lamentos de Eurídice, afligida de que Orfeo, descendido a los infiernos, no se atreviese a mirarla. Detrás de los músicos divisaba el retrato de Madeleine y, sorprendido por una suerte de delirio de la imaginación, sentía que Maram tomaba prestada la voz de la soprano para reprocharme el olvido al que la había abandonado. Maram me parecía distante y cercana a la vez, presente y ausente de su propio retrato. Tenía esa expresión facial que imaginaba que debió de ser la de Eurídice cuando, feliz por fin de que Orfeo la mirase, comprendió de pronto, en el mismo instante en que la muerte la agarraba de nuevo, el significado de la indiferencia fingida de su esposo. Aquel breve instante, aquel tiempo suspendido entre la vida y la muerte, lo había vivido yo con Maram. Yo era su Orfeo, ella era mi Eurídice. Pero, a diferencia de la ópera de Gluck, cuyo final era feliz, yo había perdido irremediablemente a Maram.

La ola de recuerdos que había contenido durante decenios tras un dique de ilusiones para protegerme de su crueldad me sumergió. Y vi los ojos de la cantante humedecerse de lágrimas al observar a un viejo descomponiéndose así ante ella.

A pesar de todos los subterfugios que inventé para anularlo, me volvió intacto el sufrimiento experimentado en el pontón de Gorea, tras nuestra breve huida hacia la puerta del viaje sin retorno, Maram y yo. Entonces comprendí que la pintura y la música tienen el poder de revelarnos nuestra humanidad secreta. Gracias al arte, llegamos a veces a entreabrir una puerta disimulada que da a la parte más oscura de nuestro ser, tan negro como el fondo de un calabozo. Y, una vez que abrimos esta puerta de par en par, los recovecos de nuestra alma quedan bien iluminados por la luz que deja entrar, que ninguna mentira sobre nosotros mismos encuentra ya la menor parcela de sombra donde refugiarse, como cuando brilla el sol de África en su cenit.

Mi querida Aglaé, he aquí el final de la historia que te tenía reservada, así como el final de mi vida. Me atrevo a esperar, en el momento en que termino la escritura de mis cuadernos, que tú los descubrirás envueltos en este tafilete de cuero rojo, en el sitio donde lo habré escondido para ti. La incertidumbre de que los encuentres un día en el cajón con hibisco me torturará hasta la muerte, que presiento cercana. Pero esta prueba de tu fidelidad me parece necesaria. Es, creo, la demostración de que comprendes todas las cadenas secretas que han pesado sobre mi existencia.

Si lo has llegado a aceptar en herencia, habrás encontrado también, en uno de los cajones del mueble del hibisco, un collar de cuentas de cristal blancas y azules traído de Senegal. Te ruego que vayas a Angers o a París, donde resida la gente a la que sirve, para regalárselo a Madeleine de mi parte. Claude-François Le Joyand te dará su dirección. Y si se niega, como creo posible, ofrécele a cambio una o dos colecciones de mis conchas. Sabrá aprovecharlas para conseguir el puesto que codicia en el Instituto.

A diferencia de los africanos de mayor edad a los que se envía a las Américas, que, por si acaso, se llevan semillas de plantas de su país guardadas en bolsitas de cuero, Madeleine no pudo llevarse nada, sin duda. Era demasiado pequeña cuando la sacaron de Senegal. Y, como ni mi nombre ni mi persona le dirán nada, te ruego que añadas a este modesto collar de cuentas de cristal un luis de oro que encontrarás en el mismo cajón. Si el corazón se lo dicta, que Madeleine gaste ese luis de oro para celebrar a la salud de un joven que nunca volvió realmente de su viaje a Senegal. ¡Madeleine se parece tanto a Maram! Ve a verla por mí. Habla con ella o no le digas nada. ¡Ve a verla y me verás!

XXXVI

Madeleine detestaba su retrato. No se reconocía en él y pensaba que le traería mala suerte el resto de su vida. Los hombres que lo veían la observaban acto seguido como si quisieran desnudarla. Los más groseros intentaban tocarle los pechos. Hasta el señor Benoist, su amo, se había atrevido. La señora, que estaba celosa, lo había adivinado.

Desde que posó para la pintora, la cuñada del señor Benoist, le pasaban cosas raras. Parecía que el cuadro hablara en su lugar y que contara a saber qué a quien quisiera interrogarlo con la mirada. El día anterior, una señora había venido a ofrecerle un collar africano de pacotilla y un luis de oro para beber a la salud de un muerto, un tal Michel Danson, o algo así. Ella rechazó la baratija y el luis de oro. A ella ni la compraban ni la vendían. Además, ya estaba hecho: pertenecía a los Benoist-Cavay desde siempre. La habían liberado pero no era libre.

La señora había insistido mucho. No era una limosna. El collar y el luis de oro eran para respetar la última voluntad de su padre, que había estado en África. Antes de morir había visto su retrato. Era idéntica a una tal Mara, o algo así. Mara era una joven senegalesa a la que Michel Danson había amado de joven.

Madeleine dijo que no. No quería los regalos de otra. No era culpa suya si Michel Danson se había equivocado de persona. La señora se había marchado llorando con sus tesoros. Le estaba bien empleado, puesto que la había hecho llorar primero torturándola con preguntas imposibles. Ella ni recordaba nada ni quería saber nada de Senegal. Se la habían llevado de África sin su memoria. Era demasiado pequeña. A veces le venían en sueños centelleos de sol reflejados en el mar y trocitos de cantos. Nada más.

Su casa no estaba allí, en Senegal, sino en Capesterre-de-Guadeloupe. Esperaba que los Benoist-Cavay se decidieran pronto a volver a su hacienda. Sobre todo, esperaba que se dejaran el retrato en Francia y que nadie en Capesterre la viese colgada de una pared en la habitación de sus amos con un pecho fuera.

En casa, en Capesterre, solo conocía a un anciano que se acordaba de todo. Era el viejo Orfeo, que decía a quien quisiera escucharlo, los días en que había bebido demasiado ron, que se llamaba Makou y que venía de un desierto de África llamado Lapoule, o algo así. Para burlarnos de él, en lugar de llamarle Orfeo, como lo había bautizado el señor Benoist a su llegada a la plantación, lo apodábamos, entre nosotros, Makou Lapoule. Contaba siempre, cuando esta-

282

ba bebido, que lo habían hecho esclavo por culpa del mal de ojo de un demonio blanco con el que se topó de pequeño.

¡Makou creía a pies juntillas que se lo habían llevado junto con su hermana porque le había tirado del pelo a un blanco caído del cielo en su aldea de África cuando era un bebé! Makou Lapoule juraba que a su hermana mayor le había dado tiempo a contárselo antes de que los separasen para la partida del barco al infierno. Tenía ocho años y ella doce. No había olvidado nada. Y repetía con su voz ronca, cuando estaba borracho, que no debería haberse agarrado de bebé de la melena roja del blanco, que era por eso por lo que había acabado como esclavo. El pelo rojo, esa era la marca del demonio.

Los demás se burlaban de él, pero yo, Madeleine, no me reía como ellos. Yo me reía por no llorar ante los desvaríos de Orfeo.

Impreso en
Romanyà Valls, S. A.
Verdaguer, 1, 08786
Capellades (Barcelona)